# NEW LIFE

뉴 라이프 9 완결

**초판 1쇄 인쇄일** 2015년 6월 16일 | **초판 1쇄 발행일** 2015년 6월 18일

**지은이** 김연우 | **펴낸이** 곽중열 | **담당편집 팀장** 이범수
**편집부** 신연제 이윤아 김호성 김은경

펴낸곳 (주) 조은세상 | 출판등록 제 2002-23호
주소 경기도 연천군 미산면 청정로 1355
TEL 편집부 02)587-2966 | FAX 02)587-2922
e-mail bukdu@comics21c.co.kr


ISBN 979-11-5832-107-9 | ISBN 979-11-5512-829-9(set) | 값 8,000원

※잘못 만들어진 책은 바꿔 드립니다.
※저자와의 협의에 의해 인지는 생략합니다.

# 뉴라이프
# NEW LIFE

9 완결

NEO FUSION FANTASY STORY

김연우 현대판타지 장편소설

북두
(주)좋은세상

# CONTENTS

NEO MODERN FANTASY STORY



NEW LIFE

NEO MODERN FANTASY STORY

# 뉴라이프
# NEW LIFE

## Scene #80 the day after tomorrow

"헉!"

윤우가 눈을 떴다.

침대에 누워 있던 그가 몸을 벌떡 일으켰다. 정신을 잃기 전, 그 악마 같은 사내가 쏟아낸 붉은빛에 휩싸였던 장면이 기억났던 것이다.

'설마…… 다시 과거로?'

윤우는 절망적인 눈으로 주변을 둘러보았다.

생경한 풍경이 펼쳐졌다. 방이 이전보다 훨씬 넓어졌고, 고급스러운 가구가 즐비해 있었다. 침대도 전에 쓰던 것보다 컸다.

뭔가 이상했다.

'어떻게 된 거지?'

과거였다면 익숙한 느낌이 들어야 하는데 전혀 그렇지 않았다. 하나같이 처음 보는 것들이었다.

도무지 감을 잡을 수가 없던 바로 그때.

파팟!

머릿속에 전류가 튀었다. 엄청난 통증이 몰려왔다. 윤우는 눈을 질끈 감으며 머리를 부여잡았다. 낮은 신음이 그의 입에서 흘러나왔다.

'으윽. 잠깐. 이건…….'

기억이 하나씩 돌아오고 있었다. 지금까지 있었던 일들이 파노라마처럼 살아났다. 윤우는 믿을 수 없다는 듯 눈을 크게 떴다.

자신은 과거로 다시 돌아온 게 아니었다.

미래로 왔다. 흘러온 시간은 15년. 그 사이의 경험과 기억이 모조리 윤우의 머릿속에 들어온 것이다.

'그래도 최소한의 배려는 해 준 건가? 빌어먹을. 속성으로 인생을 산 느낌이야.'

윤우는 그 악마 같은 사내에 대한 적개심을 조금 누그러뜨렸다. 만약 다시 과거로 돌아갔다면 그를 저주하며 스스로 목숨을 끊었을 것이다.

두통이 잦아들자 윤우는 마음을 가라앉히고 현재 상황을 정리해 보았다.

'올해의 젊은 교수상'을 수상한 그날, 악마 같은 사내가 행사장에 모습을 드러냈다. 그를 따라 밖으로 나갔고, 그는 술법으로 자신을 미래로 보내 버렸다.

현재 윤우의 나이는 45세. 거울 앞에 서니 확실히 손과 얼굴이 거칠어 보였다. 머리에는 새치가 드문드문 보였다. 배가 나오지 않은 게 그나마 다행이다.

나쁘지 않은 느낌이었다.

이제야 영혼에 맞는 육체를 얻게 됐다. 처음 회귀했을 때 그의 나이가 45세였으니까.

'그런데 도대체 왜 날 미래로 보낸 거지?'

윤우가 턱을 괴고 곰곰이 생각에 잠겼다. 그렇게 깊은 고민에 빠질 무렵, 문이 딸칵 열려 윤우의 상념을 방해했다.

"여보. 이제 일어났어요?"

어떤 여인이 방으로 들어왔다. 윤우는 그녀가 누구인지 단번에 알아보았다.

"가연아."

"웬일이에요? 당신이 내 이름을 부르는 건 오랜만이네요. 뭐 좋은 꿈이라도 꿨어요?"

나이가 들긴 했지만 출중한 미모가 그대로 남아 있었다. 그녀도 올해 마흔다섯이지만, 30대라고 해도 믿을 정도로 젊어 보였다. 피부도 깨끗했다.

윤우는 임기응변을 발휘했다.

"우리 젊었을 때 꿈을 꿨지 뭐야. 하하하."

"어머, 좋았겠네요."

"좋으면 계속 이름으로 부를까?"

"애들이 흉 봐요. 자, 어서 일어나서 출근 준비해요. 애들이 당신 나오기만 기다리고 있어요. 아침 들어야죠."

"알았어."

윤우는 샤워를 하며 돌아온 기억을 완전히 자신의 것으로 만들었다. 이제는 마흔다섯 김윤우를 연기할 차례였다. 어색함을 보여서는 안 된다.

근사한 욕실에서 샤워를 마치고 면도를 한 다음 옷을 갈아입었다. 이제는 여기가 낯선 곳이라는 생각이 들지 않았다. 내 집이라는 느낌이다.

그렇게 거실로 나가니 두 딸 하은이와 시은이가 식탁에 앉아 있었다.

역시 예상대로 두 딸은 훌쩍 성장해 있었다. 두 살 터울이니 큰딸인 하은이는 대학생일 것이고, 둘째 시은이는 고등학교 2학년일 것이다.

아이들은 아내를 닮아서 예쁘게 컸다. 공부도 잘해서 하은이는 한국대학교 수학과에 다니고 있다. 시은이는 전교 1등을 놓치지 않았다.

시은이가 내년에 실력대로 수능을 잘 치른다면, 가족 모두가 한국대학교 동문이 될 것이다. 시은이는 아버지를 닮아 국문과 지망 중이다.

"아빤 맨날 늦어. 밤늦게까지 논문만 보고 있으니까 그렇지. 그러다 눈 안 좋아지면 어쩌려고 그래?"

하은이가 수저를 들며 투덜거렸다. 말은 저렇게 해도 윤우가 걱정되는 것이다.

"아침부터 잔소리냐? 너희 엄마도 안 하는 건데."

"엄마가 안 하니까 내가 하는 거라구."

하은이가 대학생인데도 일찍 일어나서 밥을 먹는 것엔 이유가 있다. 습관이기도 했고, 가족끼리 이렇게 모두 모여 먹는 게 즐겁기 때문이다.

"그렇게 걱정되면 아빠한테 눈에 좋은 영양제라도 하나 사주지 그러냐."

"용돈 다 썼어요. 그래서 말인데……."

윤우는 흐뭇하게 웃으며 딸의 시선을 슬쩍 피했다. 하은이는 씀씀이가 좀 헤픈 편이었다.

"시은이는 학교 잘 다니고 있지?"

"예?"

"아, 질문이 이상했나? 그냥 궁금해서 물어보는 거야. 신경 쓰지 말거라."

시은이는 예쁘게 웃으며 대답했다.

"별일은 없어요."

"용돈은 있고?"

"예. 충분해요. 저축도 하고 있고요."

윤우는 시은이의 머리를 쓰다듬어 주었다. 고등학교 2학년답지 않게 어른스럽고 야무지다.

"기특하구나. 너희 언니가 너를 좀 본받아야 할 텐데 말이다."

"아빠!"

하은이가 소리를 꽥 지르자 가족들이 한바탕 웃음을 터트렸다. 그 모습을 보며 윤우는 안도했다. 가족들과 헤어지지 않아서 다행이라고.

가족들과 즐겁게 식사를 마친 윤우는 출근 준비를 했다. 아내도 신화대학교 교직원이기 때문에 두 사람은 같이 차를 타고 출근을 했다.

"하은이 남자친구 생긴 모양이에요."

"그래?"

윤우는 쿨하게 대답했지만 속은 쓰렸다. 그는 딸바보로 유명했다. 어떤 놈이 자신의 딸을 만나고 다니는지 갑자기 궁금해졌다.

마침 정지 신호에 걸려 차가 멈춰 섰다. 윤우가 핸들에서 손을 떼며 물었다.

“뭐하는 친구래?”

“같은 과 동기인 것 같아요. 요즘 좀 꾸미고 다니기에 슬쩍 떠봤더니 그렇다고 하더라고요. 하은이, 그런 면에서는 솔직하잖아요.”

“언제 집으로 데려오라고 해. 어떤 놈이 남의 귀한 딸을 만나고 다니는지 한번 봐야겠어.”

“어머, 당신 질투하는 거예요?”

“그런 거 아니야.”

그렇게 소소하게 이야기를 나누다 보니 시간이 훌쩍 지나갔다. 윤우의 차가 신화대에 도착했다. 주차장에 차를 세우고 안전벨트를 풀었다.

그런데 아내는 나가지 않고 가만히 앉아있다. 뭔가를 기다리는 것 같았다.

“왜 그러고 있어? 나가지 않고. 과장님이 지각하면 쓰겠어?”

“뭐 잊은 거 없어요?”

윤우는 아차 싶었다. 그제야 기억이 떠오른 것이다. 윤우는 그녀의 볼에 살짝 입을 맞추고 차에서 내렸다.

“그럼 오늘도 수고해. 정 과장.”

“당신도요.”

가연의 직책은 교무과장이었다. 신화대 교직원 중 한국

대 행정학과 출신은 그녀뿐이라 승진이 빨랐다.

대학본부와 문리관은 반대편에 있어 차에서 내린 두 사람은 곧장 헤어졌다. 그때 대학본부 쪽으로 걷던 아내가 뭔가를 떠올리고는 윤우를 불러 세웠다.

"참, 여보."

"왜?"

"오늘 점심은 윤 선생하고 둘이 먹어요. 회식 있어서 직원들하고 나가봐야 해요."

"그래. 알았어."

그렇게 연구실로 들어온 윤우는 커피를 마시며 곰곰이 생각에 잠겼다. 바로 어제 벌어진 사건, 그 악마 같은 사내와의 만남이 주제였다.

서른 살 이후부터 마흔다섯 살 이전까지의 시간을 건너뛰긴 했지만, 실제로 그것을 경험했고 기억도 온전히 남아 있었기 때문에 큰 불만은 없었다.

문제는 사내의 의도였다. 그는 왜 자신을 미래로 보낸 것일까.

'그 친구가 뭔가 꿍꿍이가 있어서 나를 미래로 보낸 것 같은데…… 왜지?'

그는 붉은빛을 쏘기 전 새로운 즐거움을 찾아 나설 때라고 말했다. 그렇다는 것은, 뭔가 또 다른 시련이 자신에게 찾아온다는 이야기.

확실히 건너뛴 15년의 시간 동안 윤우는 성공 가도만을 달려왔다.

신화대는 이제 자타공인의 명문대가 되었다.

대학평가에서 한국대를 제치고 1위를 차지했고, 그 공로로 윤우는 국어국문학과 학과장으로 임명되었다. 세계대학순위도 중위권에서 순항 중이다.

확실히 이런 성공 스토리는 그 악마 같은 사내의 입맛에 맞지 않았을 것이다. 그는 인간의 시련을 좋아했으니까.

윤우의 눈빛이 깊어졌다.

'긴장을 하고 있어야겠어. 언제 어떤 일이 생길지 알 수 없으니까.'

그렇게 결심한 윤우는 자리에서 일어섰다.

오전 강의를 마친 윤우는 문리관 7층에서 한 층 내려갔다. 6층은 영어영문학과의 전용 공간. 입학 정원이 국문과의 두 배였기 때문에 학생들이 많이 오갔다.

윤우는 바로 슬아의 연구실로 향했다. 문이 살짝 열려 있어서 노크를 하지 않고 바로 들어갔다.

"가연이는?"

"오늘 회식 있댄다. 우리 둘이 먹으러 가야 할 것 같아."

"그래?"

슬아는 키보드에서 손을 떼고 자리에서 일어섰다. 나이를 먹어도 슬아의 무표정은 여전하다. 간헐적으로 보이는 주름이 고집스러워 보인다.

그래도 한국대 여신이라는 별명은 아직도 유효했다. 이제는 신화대 여신이라고 해야 할까. 골드미스여서 그런지 미모가 그대로 보존된 느낌이다.

두 사람은 교직원식당으로 향했다. 보다 근사한 식당이 많았지만, 윤우는 그쪽이 입맛에 맞았다.

지금은 3월 초. 봄꽃이 만개한 길을 걸으며 윤우가 물었다.

"이번에 국제어학원 확장공사 하는 거 말이다. 언제부터 시작이지?"

슬아는 얼마 전 국제어학원장 보직을 받았다. 그녀도 신화대의 국제화에 큰 공을 세웠으므로, 대학에서 신경을 많이 써주는 편이었다.

"엎어졌어."

깜짝 놀란 윤우가 멈춰 섰다.

"그게 무슨 소리야? 저번에 얘기했을 때는 거의 확정이라고 했잖아. 이준희 선생님도 잘 풀릴 것 같다고 했는데."

"나한테 뭐라고 하지 마. 윗선의 결정이니까."

"설마 한준만 총장님이 엮은 거냐?"

슬아는 고개를 살짝 끄덕였다.

한준만 총장은 작년에 부임한 신임 총장이었다. 신화재단 이사 출신으로, 한국대에서 박사를 마치고 신화대 경영학과에서 교수 생활을 오래한 인물이었다.

윤우는 총장 취임식에서 본 그의 모습을 떠올려 보았다. 탐욕스러운 눈빛을 가진 사람. 겉으로는 친절해 보여도 원래 그런 인물들이 송곳니를 감추고 있는 법이다.

"이유는?"

"건설업체 선정 과정에서 뭔가 잡음이 생겼던 것 같아. 자세한 건 나도 모르겠고."

"그랬다면 방법이 없겠네. 이사장님도 요즘 이사회에 끌려 다니시는 것 같은 느낌이고. 이의를 제기해도 씨알도 안 먹힐 텐데."

강태완 이사장은 오래 전 타계했다. 그리고 그의 아들인 강민호가 이사장직을 물려받았다.

강서연의 아버지이기도 한 강민호 이사장은 심성이 바른 사람이었지만, 강태완 이사장만큼 정력적으로 학교 일에 관심을 두는 사람은 아니었다.

"아무래도 그렇겠지. 그래서 지금은 다들 손 놓고 있어. 괜히 나섰다가 미운털 박히기 싫으니까."

"이준희 선생님 실망이 장난 아니겠는데?"

"볼 때마다 한숨을 쉬고 계셔. 확장 공사만 끝나면 어학원이 더 성장할 수 있는데…… 여러모로 아쉽지."

두 사람이 식당으로 들어섰다. 줄이 꽤 길었다. 차례를 기다린 다음, 식판을 들고 밥과 반찬을 덜었다. 뷔페식이라 자유롭게 먹을 수 있는 곳이다.

오늘의 메인 메뉴는 버섯탕수육이었다. 적당한 곳에 자리를 잡은 두 사람이 이야기를 계속했다.

"혹시 얘기 들었니? 등록금이랑 시간강사 연구실에 대해서."

"아니, 못 들었어. 뭔데?"

"이번에 등록금 인상폭이 커진다는 이야기가 나왔어. 그리고 시간강사 연구실을 폐쇄하고 다른 용도로 쓴다는 이야기도 있었고."

윤우는 깜짝 놀랐다. 등록금 인상은 시대의 흐름이니 그렇다고 쳐도, 시간강사 연구실을 폐쇄한다는 것은 금시초문이었다.

"어디에서 나온 이야기야?"

"우리 과 학과장님이 어디서 듣고 오셨나 봐. 어제 나온 얘기야."

"확실해?"

"글쎄. 사실여부를 따지려면 결국 총장실에 가서 직접 물어보는 수밖에 없지 않을까? 아니면 가연이가 알 수도 있고. 교무과 소속이니까."

윤우는 고개를 가로저었다.

만약 그런 문제가 있었다면 바로 자신에게 이야기했을 것이다. 시간강사 처우 문제는 젊은 시절부터 지금까지 윤우가 관심을 기울이는 부분이었으니까.

윤우는 이따 아내에게 다시 물어봐야겠다고 생각했다. 만약 그것이 사실이라면 학교 안팎으로 큰 소란이 벌어질 것이다.

"뭔가 학교가 점점 삭막해져가는 느낌이야."

슬아가 지나가듯 중얼거렸다. 윤우는 고개를 끄덕여 동감을 표했다.

학교가 가파르게 성장하고, 명문대라는 타이틀을 획득했다. 하지만 변혁을 주도한 사람들이 하나 둘 물러나면서 학교의 분위기가 많이 바뀌었다.

그것은 당연한 변화였다. 그래도 두 사람은 그러한 변화를 왠지 인정할 수가 없었다.

"있지."

슬아가 젓가락으로 밥알을 깨작거리며 운을 뗐다. 뭔가 하기 어려운 말이라도 있는 걸까. 표정이 밝지가 않다.

"뜬금없는 말일 수도 있는데, 예전에 네가 신화대를 바꿀 거라고 얘기했었잖아. 한국대를 넘어 세계적인 대학이 될 수 있을 거라고."

"그랬었지."

"네가 바라던 신화대의 미래가 이런 거였니?"

두 사람 사이에 잠시 침묵이 돌았다.

윤우는 쉽게 답할 수 없었다. 물리적인 변화는 자신이 원하는 방향으로 이루어졌다. 명문대로 우뚝 섰고, 세계 대학평가에서도 50위권에 이름을 올렸다.

하지만 신화대의 정신적인 측면의 변화는 썩 마음에 들지 않았다. 예전처럼 뭔가 할 수 있다는 에너지가 느껴지지 않았다. 축 늘어진 것 같은 느낌이다.

'마치 병이 든 것처럼 말이야.'

윤우에게서 계속 대답이 없자 슬아가 씁쓸히 웃었다.

"내가 쓸데없는 걸 물었구나. 신경 쓰지 말고 밥 먹어."

그렇게 두 사람은 식사를 계속했다. 하지만 윤우의 머릿속에 한준만 총장의 모습이 떠올랐고, 입맛이 사라진 그는 곧 숟가락을 내려놓아야 했다.

그때 윤우의 전화기가 울렸다.

호랑이도 제 말하면 온다고 할까. 전화를 건 사람은 바로 한준만 총장이었다.

통화가 끝나자 윤우는 전화를 끊었다.

"이 사람, 양반은 못 되네."

"왜?"

"총장님 호출이야."

"총장님이? 무슨 일로?"

"시간 나면 잠깐 들르라고 하시네. 이러는 분이 아닌데 괜히 걱정된다. 뭔가 일이 있는 것 같은 느낌이야."

윤우는 최근에 있었던 일들을 돌이켜 보았다. 딱히 문제가 될 만한 일은 없었다. 총장과 친한 사이는 아니었지만, 그렇다고 사이가 틀어진 것도 아니었다.

그때 슬아가 인상을 쓰며 말했다.

"난 왜 그런지 알 것 같네."

"뭔데?"

"나가서 얘기해. 여기서 하기는 좀 그래. 다 먹었으면 슬슬 일어나자."

두 사람은 식판을 반납하고 교직원식당을 나섰다. 윤우는 입구에 있는 카페에서 아이스 아메리카노 두 잔을 사서 하나를 슬아에게 건넸다.

교직원식당 건물 맞은편 잔디밭에 있는 벤치에 앉은 두 사람. 점심을 먹고 나오면 늘 이곳에 앉아 잡담을 나누며 소화를 시키곤 한다.

점심은 주로 윤우, 가연, 슬아 이렇게 세 사람이 함께 먹는다. 여기에 국문과 전임교수가 된 김승주와 이준희 교수가 낄 때도 있다.

슬아가 바람에 흩날리는 머리를 쓸어 넘기며 말했다.

"가연이가 빠지니까 허전하다."

"난 잘 모르겠는데. 뭐, 지금쯤 직원들하고 맛있는 걸 먹고 있겠지. 우리도 밖에서 먹을 걸 그랬나?"

"너야 늘 집에서 살을 맞대고 있으니 허전한 걸 모르는 거지."

"윤 선생. 뭔가 표현이 좀 야하다?"

윤우가 핀잔을 주자 슬아가 웃어 넘겼다. 이제는 세월이 흘러 이런 이야기도 스스럼없이 할 수 있게 된 두 사람이었다.

물론 슬아는 여전히 윤우를 마음에 품고 있었다.

하지만 애틋한 감정은 세월에 많이 침식되었고, 이제는 인생의 동반자로서의 호감이 더 컸다. 플라토닉한 사랑이라고 할 수 있었다.

윤우가 물었다.

"근데 아까 무슨 이야기 하려고 했어? 뭔가 민감한 얘기인 것 같던데 말이다."

슬아는 주변을 두리번거렸다. 아무도 없는 것을 확인하고 윤우에게 나직이 말했다.

"너한테만 얘기하는 거니 적당히 골라서 들어. 정확한 건 아니지만, 아마 한 총장님이 너에게 로비를 부탁할 거야."

"로비? 내가 누구한테 로비를 해?"

"우리 아버지한테."

윤우의 미간이 찌푸려졌다. 지금까지 주변에서 몇 번 그런 청탁을 받긴 했었다. 하지만 총장이 그렇게 나올 줄은 생각지도 못했다.

"자세히 말해봐."

"실은 얼마 전에 총장님을 만났었어. 직접 내 연구실에 오셨더라. 무슨 일인가 했는데, 부동산 매입 관련해서 우리 아버지의 도움을 받고 싶다고 하셨어."

"부동산은 왜?"

"제2캠퍼스 신축한다는 얘기를 하더라."

"제2캠퍼스……."

확실히 신화대가 성장을 했기 때문에 제2캠퍼스가 필요한 상황이었다. 서울 내로 진입을 하기는 어려우니 다른 곳으로 확장을 하려는 것이다.

윤우는 생각했다. 아마 슬아를 설득하지 못해 자신을 부르는 것이리라. 윤보현 총재와 무척 가까운 사이니까.

윤우가 씁쓸히 웃으며 말했다.

"총장님이 번지수를 잘못 짚었구나. 내가 그런 걸 로비할 정도로 염치가 없는 사람은 아닌데."

"그래도 말은 잘 해둬. 괜히 윗선에 미움 사면 좋을 거 없으니까. 요즘 학교 분위기 안 좋은 거 알지?"

"알았다."

그 말을 끝으로 벤치가 조용해졌다.

슬아는 무릎을 가지런히 모으고 하늘을 올려다보았다. 얼핏 고개를 돌려 그녀의 얼굴을 보니 뭔가 외로워 보였다. 눈빛이 깊다.

뭔가 말이라도 해야겠다는 생각이 들었다. 윤우가 살짝 화제를 돌렸다.

"말 나온 김에 묻자. 너희 아버님은 어떠셔? 요즘 꽤 바쁘신 거 같던데."

"대선 준비 때문에 정신이 없지. 집에 거의 못 들어오셔. 후보자 토론도 해야 하니 준비할 게 많아."

"잘하실 거야. 아니, 잘하셔야지. 꼭 대통령에 당선되셔서 우리도 근사한 자리 하나씩 받아야 하지 않겠어?"

윤우의 농담이 성공했다. 슬아가 어두운 표정을 지우고 미소를 띤 것이다.

윤보현 의원은 대한민국에서 제일 유명한 정치인이다. 차기 대선에 출마를 선언한 상태고, 지지율이 대단히 높아 모두가 기대를 하고 있었다.

"윤우 넌 어떤 자리를 받고 싶은데?"

"야, 당연히 농담이지."

"진담이라고 치고 한번 들어나 보자."

한숨을 내쉰 윤우는 잠시 생각에 잠겼다. 농담을 하기에는 분위기가 좀 진지해졌다.

"장관? 그 정도는 되어야 뭔가 해볼 수 있겠지. 뭐, 너도 알다시피 예전에 비하면 많이 좋아지긴 했지만…… 아직 부족한 게 많아."

슬아는 고개를 끄덕였다.

윤우와 차성빈 교수가 대학개혁위원회에서 활약한 덕분에 시간강사들의 처우가 좋아졌다. 강의료도 많이 올랐고 각종 편의도 향상되었다.

하지만 아직도 산재해 있는 문제들이 많았다. 대학의 정원이 감축되면서 전임교수 채용 빈도가 줄어들었고, 반대로 시간강사를 포함한 비전임교수의 채용이 늘었다.

대학들도 서로 통폐합하거나 비인기 학과를 다른 학과와 통합시키는 식의 전략을 펼치고 있다. 그러다보니 비전임교수들의 생활이 불안정해질 수밖에 없었다.

뭔가 근본적인 해결책이 필요한 시점이었다. 물론 그것은 일개 대학 학과장이 건드릴 수 없는 부분이기도 했다.

"넌 여전히 앞을 보고 걸어가고 있구나."

슬아가 희미하게 웃었다. 기쁜 건지 슬픈 건지 쉽게 알 수 없는 그런 표정이었다.

어느덧 테이크아웃 컵에 얼음만 남았다. 두 사람은 옆에 놓인 쓰레기통에 컵을 던지고 자리에서 일어섰다.

"난 바로 총장실에 가 볼게. 먼저 가라."

"기회 되면 국제어학원 확장공사 건이랑 시간강사 연구실 건 물어 봐. 궁금해졌어. 어떤 사정이 있었는지."

"알았어."

총장실로 향하는 윤우의 발걸음이 무거웠다.

점심식사를 할 때 나왔던 슬아의 이야기가 머릿속을 떠나지 않았던 것이다.

슬아는 이렇게 말했다. 네가 바라던 신화대의 미래가 이것이었냐고. 아까 벤치에서 외로운 표정을 지었던 것은 아마 그것 때문일 것이다.

슬아는 지금 신화대학교의 모습에 실망을 하고 있는 게 분명했다.

물론 그것은 윤우도 마찬가지다. 신화대는 보이지 않는 곳에서 정체되어 있었으니까.

'민경원 총장님이 계셨더라면 이러지 않았겠지?'

옛 인연들이 아쉬워지는 순간이다.

민경원 총장은 자신의 임무를 충실히 수행하고 은퇴했다. 최근 건강이 좋지 않다고 들었는데, 윤우는 언제 시간을 내서 찾아가 봐야겠다고 생각했다. 그라면 현재 신화대의 문제를 정확하게 진단해 줄 수 있을 것이다.

윤우가 총장실에 도착했다. 민경원 총장 시절보다 장식이 화려해졌다. 도금을 한 건지 모르겠지만, 출입문이 황금처럼 반짝였다. 모두가 낭비였다.

윤우가 여비서에게 인사했다.

"총장님 뵈러 왔습니다. 안에 계십니까?"

"예, 김윤우 선생님. 오랜만에 오셨네요. 총장님과 약속 잡으신 건가요?"

"아까 전화 받았습니다."

여비서가 내선으로 총장에게 보고했다. 곧 윤우는 총장실 안으로 들어갈 수 있었다.

"오, 김 선생. 어서 오시게. 일찍 왔구먼?"

"안녕하세요. 식사는 하셨습니까?"

"물론이지. 자, 이쪽으로 앉아. 김 비서. 여기 마실 거 두 잔 부탁해."

한준만 총장은 작은 키에 배가 나온 전형적인 아저씨였다. 머리는 반쯤 벗겨져 있었고, 얼굴에 살이 많아 턱과 목이 구분되지 않았다.

윤우는 왠지 그와 마주하는 것이 불편했다. 뭔가 자신과 잘 맞지 않는 사람이었다.

"그런데 무슨 일로 부르셨습니까?"

윤우는 마실 것이 나오기도 전에 본론을 꺼냈다. 그래서 그런지 한준만 총장은 살짝 당황했다.

"아이고, 성격 급하긴. 그냥 김 선생 보고 싶어서 불렀지. 차나 한 잔 하고 가시게."

"감사합니다."

그렇게 대답하긴 했지만 윤우는 믿지 않았다. 지금까지 한준만 총장이 자신을 이유 없이 부른 적은 없었다.

"마침 여쭤볼 게 몇 개 있는데 말씀드려도 괜찮겠습니까?"

"그래, 얼마든지."

"국제어학원 확장공사가 취소됐다고 들었습니다. 아까 윤슬아 교수가 그렇게 얘기를 하더군요. 이유가 뭡니까?"

순간 한준만 총장의 얼굴이 경직되었다. 약점을 찔린 사람처럼. 하지만 한준만 총장은 금세 미소를 되찾았다.

"아아, 그거 말이야. 이걸 어떻게 설명을 해야 하나…… 으음, 한마디로 말해 입찰 업체들이 눈치가 없어서 그냥 캔슬시켰네. 이사회의 결정이야."

"눈치가 없다뇨? 그게 무슨 말씀입니까."

"이런 입찰 건이 있으면 성의를 표시하는 법인데 가만히 앉아만 있지 뭐야. 나 참, 한심한 사람들이지. 장사를 하루 이틀 하는 것도 아니고."

윤우는 순간 자신이 잘못 들었나 싶었다. 이런 엄청난 일이 뒤에 숨어있을 줄은 정말 조금도 예상하지 못했다.

"그건 성의가 아니라 뇌물 아닙니까? 입찰비리라는 다른 표현도 있고요."

"입찰비리가 아니라 관행일 뿐이지. 아무튼 일이 그렇게 된 거네. 나중에 기회가 있다면 다시 추진이 되겠지. 국제어학원 측 분위기는 어떤가?"

"초상집이죠. 다들 실망하고 있습니다."

"쯧, 그것 참……."

"이번에 확장공사를 했더라면 우리 국제어학원은 세계적인 기관이 될 수 있는 발판을 마련했을 겁니다. 고작 그런 이유로 공사를 취소시키시다니, 솔직히 실망입니다."

"하하하, 김 선생. 대학을 운영하다보면 이런저런 일이 있기 마련이야. 너그럽게 이해해 주시게."

윤우는 한숨을 내쉬었다. 도저히 말을 섞을 기분이 나지 않았다. 하지만 질문이 아직 하나 더 남았기에 자리를 뜰 수 없었다.

"시간강사 연구실 없애는 건 어떻게 된 겁니까?"

"아, 그거? 다른 대학과 비슷한 방침으로 운영을 하기로 했어. 공간의 낭비가 너무 심하다는 지적이 있었네. 어차피 대학순위는 최상위권이니, 이쯤에서 내부관리를 좀 하는 게 어떤가 싶어서 말이야."

윤우는 바로 대꾸하려고 했지만, 여비서가 마실 것을 들고 들어오는 바람에 입을 닫아야 했다.

향기로운 허브의 냄새. 하지만 그걸 한 모금 마셔도 윤우의 마음이 진정되지 않았다. 자신도 모르는 사이에 말도 안 되는 일이 벌어지고 있었다.

윤우가 따졌다.

"일의 순서가 잘못되었다는 생각은 안 드셨습니까? 당사자들의 의견을 수렴해야지, 이사회에서 나온 의견을 그대로 실행하려고 하시면 어떡합니까?"

총장실의 공기가 싸늘해졌다. 두 사람은 서로를 바라보며 신경전을 벌였다.

"김 선생은 우리 학교에 참 불만이 많은 것 같군."

한준만 총장이 씨익 웃었다. 눈매가 날카롭게 변했다. 그는 윤우를 노려보며 이렇게 덧붙였다.

"자네는 하나는 알고 둘은 몰라. 내가 김 선생을 위해 열심히 뛰어다니는 걸 모르나보지?"

"그건 또 무슨 말씀입니까?"

"이사회에서 자네가 소속된 국문과를 다른 과와 통폐합시키자는 의견이 나오고 있어. 글로벌 시대에 걸맞게 말이지. 하지만 학과장인 자네의 체면을 고려해서 보류하고 있었더니……."

윤우의 표정이 심각해졌다.

학과통폐합.

그것은 대부분의 대학에서 일어나고 있는 사건이었다. 국문과는 비인기학과다. 그렇다보니 역사학과나 다른 어문학과와 통폐합되는 경우가 많았다.

소문인 줄 알았는데, 윤우가 걱정하던 일이 실제로 벌어지고 있었던 것이다.

"하하하. 너무 심각하게 받아들이진 말고. 말 그대로 '보류 중' 이니 말이네. 그래서 말인데. 자네에게 하나 부탁할 게 있어."

한준만 총장은 영악한 사람이었다. 그는 은연중에 '보류 중' 이라는 말에 강세를 두었다.

"말씀하시죠."

"자네 한국당 윤보현 총재와 친하지?"

"가끔 인사나 드리는 사이입니다. 그렇게 친하진 않습니다. 그런데 그건 왜 물으십니까?"

"허허, 친하지 않은 사람이 공천까지 받고 그러나? 자네가 그때 사퇴하지만 않았더라면 국회의원이 됐을 텐데 말이야. 왜 그랬나?"

"개인적인 사정이 있어서 그랬습니다. 그건 이미 언론을 통해 다 해명을 했고요."

한준만 총장은 고개를 끄덕였다.

"그래, 뭐 그건 중요한 문제는 아니지. 아무튼 윤보현 총재께 좀 부탁드릴 일이 있어."

과연 슬아가 예견한 대로 일이 흘러가고 있었다. 윤우는 입을 굳게 다물고 한준만 총장의 다음 말을 기다렸다.

"뭐 심각한 일은 아니고. 우리가 제2캠퍼스를 계획하고 있는데 토지 확보에 좀 사소한 문제가 생겼지 뭐야. 윤보현 총재 정도라면 쉽게 해결할 수 있는 문제라서 그쪽에 좀 부탁을 하고 싶은데…… 자네가 주선을 좀 해줄 수 있겠나?"

"어려운 일입니다."

"아니, 왜?"

윤우가 잠시 사이를 두며 생각에 잠겼다.

대의적인 이유에서 거절을 할 수는 없었다. 한준만 총장이 학과통폐합 언급을 했다는 것은 그것을 볼모로 삼아 협박을 하겠다는 이야기니까.

"다른 이유는 없습니다. 지금 윤보현 총재께서는 대선을 준비 중이시죠. 부당한 청탁은 받아주시지 않을 겁니다. 떨어지는 낙엽도 조심해야 할 시기니까요."

"뭐가 부당한가? 그냥 우선순위를 좀 당기고 싶어서 그러는데. 그러지 말고 자네가 힘을 좀 써 주게. 응?"

윤우는 말없이 자리에서 일어섰다. 그리고 고개를 숙였다.

"죄송합니다. 도움을 드리기가 어려울 것 같네요. 전 이만 가보겠습니다."

"기다려."

엄숙한 명령.

출입문으로 걸어가던 윤우의 발걸음이 우뚝 멈췄다.

"너무 쉽게 결정하는 것 같군. 생각해보게. 자네의 행동에 국문과 학생들의 미래가 바뀔 수도 있어. 선생들도 마찬가지겠지. 알겠나? 자네는 똑똑한 사람이니 이게 무슨 의미인지는 잘 알아들었을 게야. 하하하하!"

한준만 총장은 씨익 웃었다. 윤우는 두 손을 꽉 쥐며 그를 노려보았다. 그것은 명백한 협박이었다.

NEO MODERN FANTASY STORY

# 뉴라이프
# NEW LIFE

## Scene #81 학과통폐합

"그런 일이 있었어요?"

윤우는 핸들을 돌리며 고개를 끄덕였다. 퇴근길 차 안. 윤우는 가연에게 아까 총장실에서 있었던 일을 모두 말해 주었다.

옛날이었다면 혼자 고민하고 해결했을 문제다. 하지만 이제 아내는 신화대학교 직원이다. 그것도 과장급. 그녀도 알고 있어야 하는 문제라고 생각했다.

무언가를 곰곰이 생각하던 아내가 다시 입을 열었다.

"확실히 그런 이야기가 얼핏 있긴 했어요. 뜬소문인 것 같아서 당신한테 이야기는 하지 않았었는데…… 그래서 어떻게 하기로 했어요?"

"나 혼자 해결할 수 있는 문제는 아니야. 내일 윤 선생하고 같이 이야기를 좀 해 봐야겠어."

"총장님이 로비를 해 주지 않으면 정말 국문과를 통폐합시키겠다고 했어요?"

"정확히 그렇게 말한 건 아니지만 뉘앙스가 딱 그랬지."

차가 평소보다 덜컹거렸다. 그만큼 윤우가 화가 나 있다는 증거였다. 가연은 더 이상 남편에게 물을 수가 없었다. 누가 봐도 기분이 안 좋아 보였다.

어느새 아파트 옆에 도착했다. 차에서 내린 두 사람은 말없이 집 안으로 들어갔다.

"다녀오셨어요?"

둘째 시은이가 인사했다. 교복을 입고 있는 것을 보니, 학원에서 이제 막 돌아온 모양이다.

시계를 본 윤우가 물었다.

"언니는 아직도 안 왔니?"

"아직 안 들어왔나 봐요. 불 꺼져 있던데요."

벌써 10시가 지나고 있다.

아마 데이트하느라 정신이 없는 모양이다. 윤우는 바로 전화를 하려다가 말았다. 자신도 아내와 그런 시절이 있었다고 생각하니 마음이 풀린 것이다.

"아빠?"

"응?"

"무슨 일 있으셨어요? 표정이 안 좋아요."

그제야 윤우는 자신이 심각한 표정을 짓고 있었다는 것을 깨달았다. 얼굴을 풀고 딸애의 어깨를 다독였다.

"아무것도 아니다. 좀 피곤한 모양이야. 저녁은 챙겨 먹었니?"

"예. 간단히 사 먹었어요. 아빠. 제가 안마해 드릴게요. 여기 앉아 보세요."

"아니야. 괜찮아. 공부하느라 힘들었을 텐데 가서 쉬어라."

그래도 딸애가 신경을 써주니 마음이 좀 풀렸다. 윤우는 시은이를 방으로 들여보내고 안방으로 들어갔다.

옷을 벗기도 전에 침대에 쓰러지듯 누웠다. 몸이 예전 같지 않았고, 한준만 총장이 한 말을 신경 쓰느라 온몸의 진기가 빠져나갔다.

"여보. 옷은 갈아입고 누워야죠."

"5분만 좀 이러고 있자. 봐 줘."

평소에 이렇게 약한 모습을 보이는 사람이 아니었다. 아내가 걱정스러운 표정을 하며 곁으로 왔다. 그리고 윤우의 어깨를 주물렀다.

"많이 힘들어요?"

"몸이 예전 같지가 않네. 오늘이 첫날인데 힘든 일이 너무 많아."

"첫날요?"

"아, 아니야. 아무것도."

하마터면 말실수를 할 뻔했다. 15년을 훌쩍 뛰어 넘어 미래로 왔다는 말을 해도 그녀는 고개만 갸웃할 것이다.

"당신 오늘 좀 이상한 거 알아요?"

"내가? 왜?"

"아침에는 이름을 부르지 않나, 집에 와서는 평생 안하던 짓을 하지 않나. 당신 옷 안 갈아입고 침대에 눕는 거 이번이 처음이에요. 알아요?"

"내가 그렇게 모범생처럼 살았던가?"

윤우는 천연덕스럽게 대꾸하며 몸을 일으켰다. 계속 이렇게 있다가는 아내에게 혼날 것 같았다.

무엇보다도 이대로 누워있다고 해서 상황이 바뀌거나 하진 않을 것이다. 뭐라도 하는 게 이득이다.

옷을 갈아입고 샤워를 했다.

하지만 몸을 깨끗이 씻었는데도 마음이 개운하지가 않았다. 윤우는 머리를 수건으로 털며 침대에 앉았다.

'역시 내 생각이 맞았어. 그 사내가 15년 후로 날 보낸 이유가 있었던 거야.'

미래로 오자마자 굵직한 일들이 연달아 터지고 있었다. 그 악마 같은 사내가 자신을 시련으로 밀어 넣기 위해 한 일이 분명했다.

한숨이 절로 나왔다.

이번 일은 정말 어떻게 해야 할지 막막했다. 준비를 할 여유도 없이 일이 터져버렸다.

학과를 없애는 것은 대학이 결정할 문제다. 자신이 나선다고 해도 그들은 콧방귀만 낄 것이다.

만약 윤보현 총재에게 로비를 하지 않는다면 한준만 총장은 머뭇거림 없이 바로 결단을 내릴 것이다.

순간 눈앞에 해맑게 웃는 국문과 학생들의 모습이 보였다. 그들의 고향이 사라지면 어떻게 될까.

아마 평생 씻을 수 없는 상처가 될 것이다.

'역시 총재님께 연락을 드려봐야 하나?'

윤우는 휴대폰을 손에 쥐고 한참을 고민했다. 윤보현 총재의 전화번호를 누르고 취소하기를 다섯 번이나 반복했다. 하지만 결국 전화를 걸지 않았다.

한준만 총장은 각종 비리에 얽혀 있는 것이 분명했다. 로비를 한다는 것은 그 비리에 일조하는 것과 다를 바 없다. 그것만큼은 용납할 수 없었다.

'젠장. 도저히 어떻게 해야 할지 모르겠어.'

윤우가 침대 위로 쓰러졌다. 과일을 쟁반에 담아온 가연이가 이불이 젖는다고 한소리 했다. 하지만 윤우는 몸을 일으키지 않았다.

그때 휴대폰이 울렸다. 슬아였다. 윤우가 누운 채로 통화 버튼을 터치했다.

– 어떻게 됐어? 총장님 만나고 나왔으면 결과를 말해 줘야지. 한참 기다렸잖아.

"연구실에 가보니 너 일찍 퇴근해서 내일 얘기하려고 했다."

– 핸드폰은 뭐 하러 가지고 다니는 거야? 전화 좀 해 주지. 아무튼, 어떻게 됐니?

윤우는 총장실에서 있었던 모든 일을, 조금의 가감도 없이 모두 설명해 주었다. 슬아는 한참이나 침묵하다가 겨우 말을 꺼냈다.

– 그게 사실이야?

"내가 너한테 거짓말을 할 이유가 있나?"

– 그렇게 나올 줄은 정말 몰랐네. 앞으로는 총장이라는 단어에 님자는 못 붙이겠다.

슬아가 냉랭하게 말했다. 화가 단단히 난 모양이었다. 잠시 후 그녀가 다시 물었다.

– 그래서 어떻게 할 생각이지?

"일단 고민을 좀 해 봐야지. 너희 아버지께 부탁하진 않을 거야. 총장님, 아니 총장하고 똑같은 사람이 되기는 싫거든. 나름대로 방법을 찾아 볼 생각이다."

– 방법이 있긴 해?

"지금으로써는 없지."

– 대학본부랑 싸워봐야 너만 피해를 볼 거야. 혼자서는 아무것도 안 돼.

"그래도 뭐라도 해 봐야지."

– 잠시만 기다려 봐.

그때 전화기 너머에서 부스럭거리는 소리가 들렸다. 도대체 뭘까. 윤우는 귀를 기울였다.

잠시 후 들려오는 굵직한 목소리. 윤우는 깜짝 놀라 침대에서 벌떡 일어섰다. 곁에서 과일을 깎던 가연이도 덩달아 깜짝 놀랐다.

– 자네, 무슨 일인가?

그 목소리의 주인공은 윤보현 총재였다.

다음 날, 윤우는 한국당 당사를 찾아갔다. 그리고 총재실에서 윤보현 총재와 만났다.

"그런 일이 있었나? 하하하, 역시 자네다운 행동이야. 젊어서부터 정직하기는 우리나라 제일이었지."

윤우는 면목이 없다는 듯 고개를 숙였다.

어떻게든 윤보현 총재만큼은 이번 일에 개입시키지 않으려고 했다. 하지만 슬아 때문에 일이 이렇게 되어버렸다.

윤보현 총재가 진지한 표정으로 물었다.

"그러니까, 한준만 총장이 나한테 청탁을 하고 싶다고 했나?"

"그렇습니다. 제2캠퍼스 토지 매입 관련해서 문제가 생겼나 봅니다."

"토지 문제라. 흐음, 그거 곤란하군. 한창 민감한 시기인데. 일단 내가 직접 나설 수는 없으니 국토부에 있는 후배 하나를 소개해 주겠네. 그와 이야기를 나눠 보세나."

"아닙니다. 총재님께 폐를 끼칠 수는 없습니다."

"세상은 서로 돕고 사는 거야. 이번 일은 나에게 맡겨 주게. 일이 잘 풀리면 나중에 자네도 나를 한번 도와 줘. 그러면 공평해 지겠지."

"말씀은 감사합니다만…… 한준만 총장 그자는 비리의 온상입니다. 선뜻 도와주기가 좀 그렇습니다."

윤보현 총재가 너털웃음을 터트렸다. 속세를 초월한 듯한 그런 웃음.

"그 자리에 앉아 있는 사람들 중 비리를 저지르지 않는 사람은 없네. 경중의 차이만 있을 뿐이지. 나도 털면 꽤 먼지가 많이 나올 거야. 그럼 자네도 나를 비난할 겐가?"

의미심장한 말이었다. 윤우는 대꾸하지 못하고 고개만 숙였다.

"이런 고사가 있네. 수지청즉무어(水至清則無魚)하고

인지찰즉무도(人至察則無徒)라. 물이 너무 맑으면 고기가 모이지 않고, 사람이 너무 살피면 따르는 무리가 없는 법."

윤보현 총재가 풍기는 위압감은 정말이지 대단했다. 역시 대선 후보다운 풍모다.

"무엇보다도 지금은 자네의 국문과를 지키는 게 최우선 아닌가. 이보 전진을 위한 일보 후퇴라고 생각하게."

한참을 생각하던 윤우는 결단을 내렸다.

"알겠습니다. 총재님 말씀대로 하겠습니다."

윤우는 연락처를 받아 당사를 나왔다. 그리고 윤보현 총재의 후배와 접선을 했다. 국토교통부에서 일하고 있는 고위직 임원이었는데, 생각보다 일이 쉽게 풀렸다.

청탁을 끝낸 윤우는 다시 학교로 돌아왔다. 가장 먼저 들른 곳은 총장실이었다.

한준만 총장은 두 팔 벌려 윤우를 환영했다.

"김 선생. 어서 오시게. 일은 어떻게 됐나?"

"잘 해결될 것 같습니다. 자세히 알아보고 내일 연락을 주기로 했습니다."

"오오, 좋아! 고마워. 이 은혜는 잊지 않도록 하지."

"일전에 말씀하신 것은 확실히 지켜 주시리라 믿습니다."

윤우는 국문과를 다른 학과와 통폐합시키지 않겠다는 약속을 다시 한 번 상기시켰다. 한준만 총장은 윤우의 어깨를 다독이며 말했다.

"난 한 입으로 두 말 하는 사람 아니야. 마음 푹 놓게나. 이제 고민도 다 해결됐으니 우리 나가서 술이라도 한 잔 꺾을까? 내가 사지."

"괜찮습니다. 과제 채점이 밀려서요. 그럼 이만 가보겠습니다."

속으로 욕지거리를 내뱉은 윤우는 총장실에서 나왔다. 좋은 추억만이 남았던 총장실이 두 번 다시 들어가고 싶지 않은 곳이 되어버렸다.

그때 문득 드는 불안감.

'과연 한 총장이 약속을 지킬까?'

그것은 알 수 없는 일이었다. 모든 것이 한준만 총장의 선택에 달린 문제니까. 윤우는 앞으로도 한준만 총장의 행보를 주시하기로 마음먹었다.

연구실로 돌아와 보니 손님이 와 있었다. 김승주가 소파에 앉아 한가롭게 신문을 보고 있었다.

"언제 왔어?"

승주는 신문을 접어 한쪽에 두고는 다리를 꼬았다.

"아까 전에. 어딜 그렇게 싸돌아다니는 거냐? 우리 학과장님 얼굴 보기가 이렇게 힘들어서야 원."

"잠깐 총장실에 다녀왔다."

"깨지기라도 했어? 표정이 엉망인데."

윤우는 고개를 가로저었다. 그에 대해서는 더는 말하고

싫지 않다는 뜻을 표정으로 분명히 전했다.

승주가 화제를 돌렸다.

“혹시 들었어? 내일 시간강사 연구실 모두 폐쇄된다더라. 다들 속만 태우고 있어. 대놓고 불만을 표했다가는 다음 학기에 계약이 안 될 테니까.”

“그렇겠지.”

“뭐냐? 그 영혼 없는 대답은. 가만히 보고만 있을 거야? 전(前) 대학개혁위원께서 나서야 하는 타이밍 아닌가?”

“좋은 방법이 있다면 구체적으로 알려 줘. 가만히 보고만 있지는 않을 테니까.”

“아니, 그냥 말이 그렇다는 거다. 예민하기는.”

윤우는 책상에 앉아 마우스를 잡았다. 메일을 확인하고, 학교 인트라넷으로 들어가 과제물을 점검했다.

채점이 끝날 무렵엔 소파가 텅 비어 있었다. 빈자리를 보니 왠지 마음이 공허해졌다. 윤우는 수화기를 들고 누군가에게 전화를 했다.

“저 왔습니다.”

윤우가 양손에 술과 안주를 잔뜩 사들고 나타났다. 파자마를 입은 서은하가 윤우를 맞았다.

"뭘 이렇게 사왔어? 먹을 거 많은데 술만 사오지."

"혹시나 해서요. 안주를 축냈으면 도로 채워놔야 하는 거 아니겠습니까. 근데 현우 선배는요?"

"지금 오는 길이야. 곧 도착한다고 했어."

서은하가 술과 안주를 받아들고 부엌으로 들어갔다. 짐이 꽤 무거워 윤우는 거실에 앉아 땀을 훔쳤다. 주변을 둘러보니 바뀐 것은 하나도 없었다.

"윤우 아저씨 오셨어요?"

서은하의 외아들이 예의바르게 인사했다. 송현우를 쏙 닮은 아이였다.

"그래, 공부 잘 하고 있냐?"

"예."

"자, 용돈이다. 엄마한테 주지 말고 네가 가지고 있다가 써."

"감사합니다!"

진심으로 좋아하는 아이를 보며 윤우는 흐뭇하게 미소를 지었다.

이곳에 들른 것은 꽤 오랜만이었다. 가끔 힘든 일이 있을 때 술을 사들고 오는 게 윤우의 취미였다. 총장실에서 나오는 순간 이곳이 생각났다.

송현우와 서은하는 윤우의 대학 선배다. 젊은 시절부터 함께 공부를 하며 우정을 쌓아왔다. 어려운 일이 있을 때마다 조언을 아끼지 않았다.

잠시 후 서은하가 술과 안주를 챙겨 거실로 나왔다.

"저기압인 것 같네. 무슨 일이라도 있었던 거야? 부부싸움?"

"아뇨, 그냥 오늘따라 맥주가 당겨서요."

"가연이한테 허락은 받았어? 나이 먹고 여기저기 싸돌아다니다가 마누라한테 버림받는다. 40대 이혼율이 최고라더라."

"그런 사람 아닌 거 잘 아시잖아요."

"사람 일은 모르는 거야. 너희 현우 선배를 봐라. 그렇게 공처가일 줄은 아무도 몰랐잖아."

그때 현관문이 열리고 송현우가 들어왔다.

어느덧 머리에 새치가 가득하다. 윤우는 일어서 그와 반갑게 악수를 나눴다. 그리고 잠시 후, 세 사람이 거실에 모여 건배했다.

제일 먼저 송현우가 물었다.

"요즘 별일은 없나?"

"학교 분위기가 좀 뒤숭숭합니다. 학과 통폐합 얘기도 나오고 있고요."

"그건 뭐…… 비단 너희 학교만의 문제는 아니지. 전국적인 현상이야. 돈 안 되는 인문대가 살아남기 위해서는 어쩔 수 없는 일이지."

송현우가 맥주를 쭉 들이켰다. 그도 내심 답답한 것이다. 대한민국에서 인문학의 미래는 그만큼 어두웠다.

"한국대에서는 별 얘기 없습니까?"

"아직은. 아무래도 한국대에서 국문과가 가지는 상징성이 있으니까 쉽게 없애진 못할 거다. 국립대에서 국문과를 없애면 그것도 이상하잖아."

"하긴, 그것도 그렇겠네요."

"그래도 어떻게 될지는 아무도 모르지. 시은이가 우리과 온다니 그때까지는 어떻게든 지켜보마."

"하하하."

세 사람이 동시에 웃었다. 한국대 국문과 학과장인 송현우가 이렇게까지 말해 주니 마음이 좀 놓였다.

송현우가 계속 말을 이었다.

"이럴 때일수록 정신 바싹 차려야 해. 남의 일이 아니다. 뭐, 너라면 알아서 잘 하겠다만."

"답답합니다. 한 사람의 힘으로 어찌할 수 없는 일이 일어난다는 게. 결국 피해를 보는 건 제가 아니라 학생들이겠죠."

"그래서 세월이 무섭다는 거야. 우리 때는 상상도 하지 못했을 일이지. 기초학문을 이렇게 홀대하는 나라는 세계에서 우리나라밖에 없을 거다."

윤우는 그 말을 인정할 수밖에 없었다. 세월의 파도는

개인의 힘으로 이겨내기에 너무나 무겁고 거칠었다. 윤우는 조용히 맥주를 들이켰다.

NEO MODERN FANTASY STORY

# 뉴라이프

# NEW LIFE

## Scene #82 어긋난 약속

5월. 봄꽃이 지고 초여름이 찾아왔다.

두 달이라는 시간이 지날 동안 윤우의 주변은 조용했다. 한준만 총장은 제2캠퍼스 사업에 열을 올렸고, 학과통폐합 이야기도 잠잠해졌다.

이제야 모든 것이 제대로 돌아가는 것처럼 보였다.

덕분에 윤우는 오랜만에 여유를 즐기고 있는 중이다.

기온이 29도까지 올라가는 무더운 날씨가 계속되고 있는 오후. 조금 이르긴 하지만 윤우는 선풍기를 꺼내놓고 소파에 누워 TV를 틀었다.

마침 뉴스가 나오고 있었다.

– 대선을 앞두고 경쟁이 치열합니다. 한국당의 윤보현

총재는 기자회견을 열고 깨끗한 선거가 될 수 있도록 최선을 다하겠다고 약속했습니다. 현지윤 기자가 보도합니다.

이어 자료화면에 윤보현 총재의 모습이 보였다. 이렇게 화면으로 보니 왠지 낯선 느낌이 들었다.

'총재님이 꼭 승리하셔야 하는데. 그래야 뭔가 좀 나라에 변화가 생기지.'

윤보현 총재는 다른 후보들보다도 사회개혁에 관심이 많은 사람이었다. 보수파 출신으로서 굉장히 의외의 행보를 보이고 있는 것이다.

어쩌면 보수파가 개혁에 나설 만큼 국내 정세가 어지러운 것일지도 모른다.

윤우는 순수한 마음으로 윤보현 총재를 응원했다. 그럴싸한 자리 하나조차 기대하지 않으면서. 윤우는 여전히 정치에는 관심이 없었다.

– 다음 뉴스입니다. 연일 계속되는 더위로…….

곧 인터뷰가 끝나고 다른 뉴스가 나왔다. 흥미를 잃은 윤우는 TV를 끄고 서재에서 책 한 권을 들고 다시 소파에 누웠다.

오후 다섯 시쯤 되었을까. 문이 열리며 둘째딸 시은이가 들어왔다.

"어? 아빠. 오늘 학교 안 가셨어요?"

윤우는 늘 바쁜 편이라 이 시간에 집에 있는 경우는 정말 드물었다.

"수업 없는 날이라서 집에서 쉬었다. 오늘은 학원으로 바로 안 간 거니?"

"7시부터 수업이 있어서 좀 쉬다 가려구요."

"아빠가 맛있는 거 해 줄게 저녁 먹고 가라. 오늘 엄마는 야근이라 좀 늦을 거야. 너희 언니는 뭐 애인하고 잘 먹고 다니겠지."

해맑게 웃은 시은이는 '학교 다녀왔습니다' 하고 꾸벅 인사했다.

윤우는 기분이 좋았다. 고등학교 2학년 정도 되면 건성으로 인사를 할만도 한데, 시은이는 단 한 번도 그런 적이 없다. 착하고 예의바른 아이다.

"참, 아빠. 성적표 나왔어요. 1학기 중간고사."

"됐어. 안 봐도 잘했겠지."

"그래도 보여드려야죠."

가방을 내려놓은 시은이가 작고 하얀 손으로 성적표를 꺼냈다. 윤우가 확인해 보니 역시 예상대로 체육을 제외한 모든 과목이 만점이다.

첫째인 하은이는 활동적이라 예체능도 잘하지만, 시은이는 몸이 좀 허약한 편이라 체육을 잘 못한다. 평균을 깎아먹는 유일한 과목이다.

윤우는 시은이의 어깨를 다독이며 격려했다.

"잘했어. 고생 많았다."

"체육에서 또 점수가 낮게 나왔어요. 다음에는 더 열심히 할게요."

"어떻게 이 이상 더 열심히 할 수 있어? 나머지 과목은 다 백점이잖아."

"그래도요. 내일부터는 운동을 좀 해보려고요. 줄넘기도 하고. 몸이 약하다는 건 좀 핑계 같아서요."

윤우는 흡족하게 웃었다. 무엇보다도 자랑스러운 건 딸이 노력파라는 점이었다.

머리만 좋다고 성공할 수 있는 것은 아니다. 그에 걸맞는 노력이 있어야 빛을 볼 수 있다. 적어도 윤우는 그렇게 믿고 있었다.

"운동이라. 좋지. 아빠랑 같이 할까? 아빠도 요즘 배가 좀 나오는 것 같아서 말이다. 너희 엄마가 구박하기 전에 좀 빼놔야겠어."

"엄마가 구박도 해요?"

"아니, 그런 건 아니고. 그냥 그럴 것 같다는 얘기지."

시은이는 고개를 끄덕이며 좋아했다. 아무래도 이런 결과를 원했던 모양이다.

"근데 아빠. 저 상의드릴 일이 있는데."

"뭔데?"

"그게……."

시은이는 고개를 살짝 숙였다. 이럴 때마다 윤우는 내심 불안해진다. 혹시 이성친구 문제로 상의를 하려는 건 아닌지 싶어서.

고등학교 2학년. 한창 이성에 관심이 많을 나이다. 시은이는 이성에 별로 관심이 없는 편이지만, 그래도 사람 일은 모르는 법.

"어려워하지 말고 말해 봐. 아빠가 혼내는 사람은 아니잖아."

"있잖아요. 저 한국대 말고 신화대 국문과로 진학하면 안 돼요?"

"신화대로? 너 한국대 국문과 간다고 했잖아. 송현우 선생님한테도 그렇게 말하지 않았었나?"

"처음엔 그랬는데 좀 바뀌었어요."

"이유는?"

"신화대는 앞으로도 계속 발전할 것 같아서요. 커리큘럼도 마음에 들고, 제가 좋아하는 소설가도 신화대에 계시구요."

윤우는 고개를 끄덕였다. 확실히 시은이는 김영화 작가를 좋아했다. 중학생이 되고 나서는 그 작가의 소설을 필사하기도 했다.

딸애가 계속 말을 이었다.

"그래서 여러모로 생각해 봤는데, 저한테 잘 맞는 건 신화대 국문과일 것 같아요. 선택의 폭이 넓다고 해야 할까요? 해외 유학 프로그램도 있으니까요. 그리고……."

"그리고?"

"아빠도 거기에 계시고."

"설마 아빠 때문에 신화대 가려고 하는 건 아니지?"

"아녜요."

윤우는 곰곰이 생각에 잠겼다. 아이의 미래를 결정짓는 문제다. 속단할 수는 없었다.

신화대가 눈부신 발전을 거둬 명문의 반열에 오른 것은 사실이었다. 하지만 사회의 인식이라는 게 아직 남아 있어서, 국내 최고는 여전히 한국대였다.

'그래도 시은이가 뭔가 하려고 하는 거니까 응원을 해 줘야겠지? 아내도 같은 생각일 거야.'

결론을 내린 윤우가 진지한 어조로 말을 시작했다.

"아무래도 사회적인 평판을 생각하지 않을 수 없어. 우리나라에서 학력은 꽤 중요하니까. 물론 신화대도 좋은 대학이긴 하지만 한국대만큼은 아니지."

"알아요. 하지만 전 공부를 하러 대학에 가는 거예요. 학력 같은 건 필요 없어요."

그것은 윤우가 원하던 대답이었다. 윤우는 만족스럽게 웃으며 고개를 끄덕였다.

"아빠가 늘 이야기 하는 거지만 선택에 대한 책임은 본인에게 있어. 대학을 가든 사회에 나가든 마찬가지야. 아빠는 네가 뭘 하든 응원할 거니까 뜻대로 하려무나."

"고맙습니다."

"근데 엄마한테는 얘기 했니?"

"아직요. 일단 아빠한테 허락을 받고 엄마한테 이야기 하려고 했어요."

"뭔가 반대로 된 것 같은데. 우리 집 대장은 너희 엄마인 거 몰라?"

"설마요."

그것으로 둘째의 고민 상담은 끝이 났다.

윤우는 시은이에게 저녁으로 먹고 싶은 메뉴를 물었다. 그녀는 새우볶음밥이 먹고 싶다고 했고, 윤우는 재료를 준비해 요리를 시작했다.

윤우의 손이 바쁘게 움직였다. 어려서부터 주방에 섰던 윤우였다. 새우볶음밥 정도는 눈 감고도 만들 수 있다.

치이이익—

새우와 야채를 기름에 볶았다. 그런데 그의 머리와 손은 따로 놀고 있었다.

'한준만 총장이 말을 바꿀까봐 걱정되는데. 학과통폐합 이야기가 또 나온다면 시은이가 실망할 거고…… 하지만 그렇다고 한국대에 가라고 할 수 있는 것도 아니잖아?'

윤우는 일단 상황을 좀 더 지켜보기로 결정했다. 시은이는 한국대든 신화대든 골라서 갈 수 있는 성적이었으니 크게 문제는 없을 것이다.

잠시 후, 정말 먹음직스러운 새우볶음밥이 완성되었다. 기름에 볶아진 밥알에 윤기가 한가득 묻어 식욕을 돋웠다.

"잘 먹겠습니다!"

"많이 먹어."

"아빠도 같이 먹어요."

"그래."

윤우도 맞은편에 앉아 딸과 함께 저녁을 먹었다. 그런데 그때 문자가 하나 왔는지 소파에 올려둔 휴대폰이 짧게 울었다.

윤우는 이따 확인할까 했지만 이어 전화가 걸려오는 탓에 소파로 가서 휴대폰을 집었다. 발신자는 이준희 교수였다.

"예, 선생님. 무슨 일이에요?"

– 문자 보셨어요?

이준희 교수의 목소리가 다급했다. 도대체 무슨 일일까. 윤우는 통화에 집중했다.

"아뇨. 지금 저녁 먹고 있는 중입니다. 뭐 급한 일이라도 있어요?"

– 지금 저녁을 드실 때가 아녜요!

“예?”

– 뭐야, 정말 모르고 계셨던 거예요? 대학본부에서 학과통폐합 기사 내보냈어요! 거기에 우리 과도 포함되어 있다고요!

“뭐라고요?”

깜짝 놀란 윤우는 즉시 전화를 끊고 이준희 교수가 보낸 문자에 적힌 링크를 클릭했다. 처음 들어보는 인터넷신문사의 기사가 출력되었다.

학과 통폐합 추진으로 제2의 도약을 준비하다!

신화대 한준만 총장, 구성원간의 갈등 없는 민주적 통합 추진

신화대 인문대학 일부 학과 통폐합 예정

윤우는 스크롤을 쭉 내렸다. 곧 통폐합이 결정된 학과 목록이 나왔다. 거기에는 이준희 교수의 말대로 국문과가 포함되어 있었다.

윤우는 망치로 머리를 후려 맞은 듯한 느낌을 받았다.

‘어째서?’

한준만 총장은 분명 통폐합은 없을 거라고 말했다. 고작 두 달 전에 말이다.

하지만 지금, 윤우가 로비를 하면서까지 지키려고 했던

국문과가 통폐합 리스트에 올라 있었다.

'진정하자. 진정해. 일단 이 기사가 사실인지부터 확인을 해야지.'

윤우는 즉시 강민호 신화재단 이사장에게 전화를 걸었다. 하지만 그는 전화를 받지 않았다.

이번에는 한준만 총장에게 전화를 걸었다. 착신음이 자동응답으로 넘어갈 무렵에 연결이 됐다.

"김윤우입니다. 총장님, 도대체 어떻게 된 겁니까?"

– 어떻게 되다니? 자네 보기보다 무례한 친구였군. 전화를 걸었으면 인사부터 하는 게 예의야. 알았나?

"죄송합니다. 하지만 그만큼 사안이 급하니 양해를 부탁드립니다."

– 양해? 하, 자네 오늘 말 재미있게 하는구만. 그래, 무슨 일인데?

"지금 일간지에 실린 기사를 봤습니다. 학과통폐합을 추진하신다는 기사였는데, 사실입니까?"

– 아아, 그거? 오전에 취재를 해 갔는데 벌써 뉴스에 떴나? 신기하군. 맞아. 사실이네.

윤우는 순간 화가 치밀었다. 꽉 쥔 휴대폰에서 갈라지는 소리가 날 정도로. 하지만 윤우는 마음을 가라앉히고 차분히 대화에 임했다.

"납득할 수 없군요. 학과장인 저는 물론 다른 국문과 교수들도 이와 관련해 조금도 들은 바가 없습니다. 도대체 누가 어떻게 결정한 겁니까?"

– 예전부터 이사회에서 검토되고 있던 내용이야. 비공개로 말이지. 연락이 안 간 건 천천히 모여서 합리적인 방안을 생각해 보려고 해서 그래. 어차피 통폐합이라는 대명제는 바뀌지 않을 테니까.

"약속이 다르잖습니까!"

화를 참지 못하고 윤우가 버럭 소리를 질렀다. 숟가락을 뜨던 시은이가 깜짝 놀라 거실로 뛰어 나왔다.

"아빠, 왜 그래요?"

"아니, 아무것도 아니다. 계속 밥 먹어라."

윤우는 서재로 자리를 옮겨 계속 통화를 했다. 한준만 총장은 뭐라 변명을 했지만, 윤우가 듣기에는 모두가 같잖은 소리들이었다.

– 아무튼, 자네들의 교수 지위는 보장해 줄 테니 걱정하지 마. 동아시아학과로 편입되면 훨씬 더 다양한 연구를 해볼 수 있을 걸세. 이제 국제적으로 놀아야 하지 않겠나?

"학생들의 입장은 조금이라도 생각해 보신 겁니까?"

– 개혁에는 희생이 따르기 마련이야. 그건 어쩔 수 없는 문제지.

희생?

그 한마디에 시은이가 신화대로 가겠다고 했던 아까 그 장면이 떠올랐다. 윤우는 왠지 시은이를 볼 면목이 없어졌다.

"일전에 제2캠퍼스 토지구입 건으로 도움을 드린 건 잊으셨습니까? 그때 분명……."

– 잊지 않았네. 하지만 그건 그거고 이건 이거지. 학교를 위해 자네가 힘써준 건 잘 알고 있어. 김 선생의 공은 내가 따로 치하할 생각이야.

"아뇨. 총장님은 벌써 잊으신 게 맞습니다."

잠시 침묵이 이어졌다.

곧이어 한준만 총장의 싸늘한 목소리가 들려왔다.

– 자네는 지금 학교 방침을 따르지 않겠다는 건가? 그렇다면 학교에서 월급을 받고 있을 이유가 없을 텐데. 잘 생각해보게. 학교에 계속 남을 건지 집에서 놀 건지. 얘기는 끝난 걸로 알고 이만 끊겠네.

전화가 끊겼다. 윤우는 휴대폰을 집어 던지고는 깊게 한숨을 내쉬었다.

'빌어먹을 새끼. 내가 널 믿는 게 아니었는데!'

그렇게 윤우가 후회를 거듭하고 있을 때 서재의 문이 살짝 열렸다. 시은이가 고개를 빼꼼 내밀더니 안으로 들어왔다.

"아빠, 학교에 무슨 일 있어요?"

"아니다. 아무 일도 없어. 벌써 저녁 다 먹었니?"

"설거지까지 다 해놨어요. 아빠는 마저 드셔야죠. 제가 볶음밥 데워 놓을게요. 어서 나오세요."

"괜찮다. 입맛이 싹 달아났어."

밖으로 나가려던 시은이가 다시 돌아섰다. 윤우의 눈치를 보더니 조심스레 물었다.

"혹시 신화대 국문과 없어지는 거예요?"

"다 들었니?"

시은이는 머뭇거리다가 고개를 끄덕였다. 윤우는 딸의 손을 두 손으로 꼭 잡으며 당부했다.

"걱정할 거 없다. 그렇게 안 되도록 할 거니까. 아빠만 믿고 있어. 알겠지?"

"알았어요."

윤우는 딸의 예쁜 미소를 보며 고개를 끄덕였다.

학과통폐합 기사가 나간 다음 날, 대학본부 앞 건물이 소란스러워졌다.

통폐합 학과로 선정된 학생들이 학과 깃발을 들고 몰려와 시위를 시작한 것이다. 확성기와 타악기가 동원되어 분위기가 금방 달아올랐다.

그러나 축제를 앞두고 일어난 일이라 많은 학생들이 이 문제에 관심을 기울이지 않았다. 학교에 어떤 문제가 생겼는지보다 오늘은 어떤 가수가 공연을 오는지를 더 궁금해했다.

"합의 없는 학과통합 철회하라!"

"철회하라!"

"철회하라!"

학생들이 타악기를 두들기며 분위기를 끌어 올렸다. 하지만 주변을 지나치는 다른 학생들의 분위기는 냉담하다.

이것이 개인주의가 만연한 대학의 현실이었다.

한편 국문과 교수들도 대책을 논의하기 위해 긴급회의를 열었다. 열다섯 명의 교수들이 대학원 세미나실에 모였다.

상석에 앉은 윤우가 서두를 열었다.

"오늘 오전 교학과에서 정식으로 통보를 받았습니다. 우리 국문과가 중문과, 일문과, 역사학과와 통합되어 동아시아학과로 개편된다고 합니다."

모두가 장탄식을 내뱉었다.

국어국문학은 한국어와 그 문화를 연구하는 국가의 기초학문이다. 그런데 그것을 논의도 없이 없애버리겠다니. 믿을 수가 없었다.

"정말 확정된 건가요?"

이준희 교수가 절망적인 목소리로 물었다. 윤우는 고개를 끄덕였다.

"이사회에서 결정된 사안이니 빠르면 다음 학기부터는 통폐합이 될 겁니다."

"왠지 계획적인 것 같네요. 지금 시기에 언론을 통해 일방적으로 발표를 한 거 말예요. 축제 기간이니 학생들 시선도 다른 곳으로 돌릴 수 있고. 어쩐지. 가수들 라인업이 장난 아니다 싶었어요."

"그럴 수도 있겠죠."

다시 침묵에 휩싸인 세미나실. 한준만 총장의 치밀함을 다들 몸소 깨닫는 중이다.

그때 젊은 교수 하나가 질문했다.

"만약 통폐합이 계획대로 된다면 저희들은 어떻게 되는 겁니까?"

"총장님께서는 국문과 교수 전원의 지위 보장을 약속하셨습니다. 물론, 저는 그 말을 믿지는 않습니다. 정년 보장을 받지 못하신 분들은 긴장하셔야 할 겁니다."

"세상에!"

학과가 통폐합되면 자연스럽게 입학 정원이 조절된다. 국문과와 역사학과가 각각 30명이라고 가정한다면, 통합된 학과는 50명 수준이거나 그 이하로 조정이 된다.

그렇다면 기존 교수들을 그대로 통합된 학과에 배치하는 것은 여러모로 낭비가 된다. 따라서 정년 보장을 받지 못하는 교수들은 재계약이 어렵게 될 수도 있다.

"이거, 생각보다 큰 문제 아닙니까?"

"우리들 밥그릇까지 신경을 써야 하는 문제네요."

"큰일입니다. 쯧."

정년 보장을 받지 못한 교수들, 특히 젊은 교수들 사이에서 심상치 않은 기류가 흘렀다. 다들 서로 수군거리며 한탄하기 바빴다.

그때 젊은 교수 하나가 목소리를 냈다.

"총장님이 지위 보장을 약속하셨으니 그걸 서류로 확증을 받으면 괜찮지 않을까요?"

"그거 좋은 방법이군요. 학과장님 생각은 어떠십니까?"

"글쎄요."

윤우는 짧게 대꾸했다.

젊은 교수들이 한심해 보였다. 학과의 미래보다 자신의 안위를 신경 쓰는 것이 못마땅했던 것이다.

물론 개인의 영달을 신경 쓰는 것은 인간이라면 당연한 일.

하지만 지금은 200명이 넘는 국문과 재학생과, 수천 명에 달하는 졸업생들의 위신, 그리고 신화대 국문과의 명예를 생각해야 할 때다.

윤우가 엄중히 말했다.

"지금 중요한 건 우리들의 미래가 아닙니다. 어떻게든 우리 과를 지켜내야 할 때죠. 우리야 어떻게든 밥그릇을 챙길 수 있겠지만, 학생들은 다릅니다. 여러분들은 학생들 입장에서 생각해 보신 적이 있으십니까?"

"으음."

"그래도 이미 이사회에서 결정이 난 사안이라면……."

다들 자신감 없이 한마디씩 꺼내자 윤우가 목소리를 높였다.

"벌써부터 포기하지 마세요. 실제로 통폐합이 결정되고 나서 격한 반발로 무산된 경우도 종종 있었으니까. 일단 지금은 우리가 목소리를 모아야 할 때입니다."

그렇게 말하며 윤우는 교수들을 유심히 살펴보았다.

'그런다고 해도 이 중 누군가는 총장의 첩자 노릇을 하겠지?'

그때 어떤 젊은 교수의 표정이 미묘함을 느꼈다. 천명균 교수. 올해 서른 살로 직급은 조교수다. 아직 정년 보장을 받지 못한 교수다.

평소 한준만 총장과 자주 면담을 하는 것으로도 유명했다. 최측근이 아니냐는 소문까지 있었을 정도. 윤우의 시선이 그에게 고정되었다.

'천 교수에게는 미안하지만 앞으로 좀 지켜볼 필요가 있겠어. 내부 결의사항이 밖으로 새어 나가면 곤란해지니까.'

그때 윤우와 천명균 교수의 시선이 마주쳤다.

윤우가 씨익 웃어 보이자 천명균 교수도 웃음으로 화답했다. 왠지 그 웃음이 어색해 보였다.

윤우가 다시 좌중을 향해 말했다.

"일단 교수협의회에 학과통폐합과 관련한 안건을 상정해 볼 생각입니다. 대학의 기초교육이 무너지고 있다는 식으로 지지를 이끌어 낼 겁니다."

그때 턱을 쓸어 만지며 생각에 잠기던 김승주가 나섰다.

"좋은 생각이긴 합니다만 문제는 공대 교수들이죠. 그들은 이번 일을 별로 중요하게 생각하지 않을 게 분명합니다. 공대에서는 학과명이 바뀌거나 서로 통합되는 경우가 정말 빈번하니까요."

"예상 범위 내의 일입니다. 그건 저에게 맡겨 주세요. 의장님에게 도움을 청해 보도록 하겠습니다."

현재 신화대학교 교수협의회장은 천체물리학과의 배용준 교수가 맡고 있다. '루나 클럽'이 성장하면서 자연스럽게 그의 권위가 높아진 것이다.

윤우는 배용준 교수와의 관계가 매우 긴밀했기 때문에

도움을 받을 수 있을 거라고 기대했다. 교수들이 뭉친다면 이사회에 압박을 가할 수 있다.

"그럼 본격적으로 대응책을 논의해 보도록 하지요. 우선 다음 주에 잡힌 교수협의회에 구체적으로 어떤 안건을 상정할지 논의해 보도록 합시다."

윤우의 제안을 시작으로 회의는 두 시간가량 계속 되었다.

◈

긴급회의가 끝나고 윤우는 연구실로 돌아왔다. 국문과 학생회장이 면담을 요청했기 때문이었다. 잠시 후 남학생 하나와 여학생 하나가 찾아왔다.

"안녕하세요. 선생님."

"안녕 못하다."

윤우의 농담에 두 학생이 쓴웃음을 지었다. 하긴, 지금은 누구도 안녕할 수가 없다.

남학생은 인문대 학생회장인 김봉석이고, 여학생은 국문과 학생회장 명슬기였다. 인문대 학생회장까지 함께 온 걸 보니 상황의 심각함이 느껴졌다.

"교수님. 회의는 어떻게 됐어요?"

"일단 앉아라. 뭐라도 마시면서 천천히 이야기하자."

윤우는 학생들을 위해 직접 커피를 내려 주었다. 평소라면 학생들의 입에서 호평이 나올 만한 향이었지만, 지금은 그럴 만한 분위기가 아니었다.

“잘 마실게요. 교수님.”

“그래. 애들 분위기는 좀 어떠냐?”

“통폐합 대상 학과 학우들은 꽤 많이 모이고 있는데, 역시 관련이 없는 학과는 참여가 저조하네요. 강제할 수도 없는 거라 저희도 조심스럽고요.”

김봉석에 이어 명슬기도 한마디 했다.

“국문과 학생들은 잠시 과실에 모여 쉬고 있어요. 졸업한 선배님들께도 연락을 드리고 있고요. 다들 걱정을 많이 하시네요.”

윤우는 고개를 끄덕였다. 정석대로 잘하고 있었다. 그리고 몇 마디 당부했다.

“너희들도 잘 알겠지만 절대로 학생들에게 시위 강요는 하지 마. 인터넷에 이 사실이 알려지면 골치 아플 수도 있다. 학교 위신 문제로 대학본부에서 너희들에게 징계를 내릴 수도 있고.”

과장이 아니었다. 실제로 모 사립대에서는 학생들이 시위를 했다는 이유로 기물파손금을 배상하게 하는가 하면, 주모자들을 사찰하기도 했다.

두 학생은 잘 알았다는 듯 고개를 끄덕였다. 그때 국문과 학생회장 명슬기가 물었다.

"회의는 어떠셨어요? 뭔가 좋은 대책이라도……."

"일단 다음 주에 열릴 교수협의회에서 통폐합 문제를 정식으로 논의해 볼 계획이다. 이게 남의 문제가 아니라는 걸 인식시켜 줘야 하는데 쉽지는 않을 것 같구나."

명슬기가 아랫입술을 꽉 깨물었다.

"정말 우리 과는 없어지는 걸까요?"

"그런 일은 없을 거야. 너무 걱정하지 말거라."

"교수님……."

윤우의 어조에는 확신이 없었다. 다른 일이라면 모를까, 이번 일은 정말 쉽지가 않았다. 소비자 개인이 거대 공룡 기업과 맞붙는 격이니까.

그때 노크도 없이 문이 열렸다. 이준희 교수였다. 얼굴이 상기되어 있는 걸 보니 뛰어 온 모양이었다.

"김 선생님. 들으셨어요? 지금 임시 이사회가 열리고 있대요!"

"임시 이사회요? 어디서요?"

"대학본부 회의실에서요. 비밀리에 모인 것 같은데, 또 무슨 이야기들을 떠들지 걱정이네요."

순간 윤우의 눈빛이 깊어졌다. 그 짧은 시간에 윤우가 무언가를 결심했지만 나머지 사람들은 그것을 눈치채지 못했다.

"자, 너희들은 이만 돌아가 보거라."

"예, 교수님."

먼저 학생들을 돌려보낸 윤우가 이준희 교수 앞에 섰다. 키 차이가 좀 있었기 때문에 이준희 교수는 윤우를 올려다 보아야 했다.

"지금 국문과 학생들이 과실에 모여 있다네요. 선생님이 가서 위로의 말씀이라도 좀 해 주세요."

"알았어요. 그런데 그런 일이라면 학과장님이 더 어울리지 않겠어요?"

"지금 마침 해야 할 일이 떠올라서요."

이준희 교수가 고개를 갸웃했다. 도대체 지금 상황에서 무엇을 하러 간단 말인가.

그때 스쳐 지나가는 하나의 생각.

이준희 교수의 얼굴에 경악이 어렸다.

"잠깐만요. 설마, 이사회 회의장에 가시려는 건 아니겠죠? 그건 안 돼요! 총장이 가만히 있지 않을 거라고요!"

"전 괜찮습니다. 아이들을 잘 부탁합니다."

윤우는 이준희 교수를 지나쳐 연구실을 나섰다. 그렇게 잠시 후, 그는 대학본부에 위치한 회의실 앞에 섰다.

안에서 총장의 목소리가 새어나오고 있었다. 차분했던 윤우의 눈빛이 냉랭해졌다. 이 문 너머에 있을 적들의 면면을 떠올리며 윤우가 문을 벌컥 열었다.

원탁에 앉아 있던 초로의 사내들이 일제히 윤우를 바라보았다.

"자네, 국문과 김윤우 선생 아닌가?"

"지금은 회의 중일세. 노크도 없이 이게 무슨 결례인가?"

"당장 나가!"

이사들의 비난이 쏟아졌다. 총장은 재미있다는 표정으로 턱을 괴며 윤우를 바라보고 있다.

"지금 결례라고 하셨습니까?"

그렇게 운을 뗀 윤우가 피식 웃었다. 그리고 성큼성큼 앞으로 걸어 나갔다.

"이런 밀실 회의로 수많은 학생들의 미래를 빼앗아 가려고 하는 당신들이 더 결례를 범하고 있다는 걸 모르시겠습니까?"

윤우의 일갈에 좌중이 침묵했다.

엄밀히 따지면 윤우도 대학에 고용되어 있는 직원이다. 그런데 이렇게 이사회에 쳐들어와 항의를 하리라고는 누구도 예상하지 못했던 것.

"이거 재미있구만. 김 선생."

한준만 총장이 껄껄거리며 웃었다. 그 웃음에 다른 이사들이 따라 웃으며 어이없는 표정을 지었다.

"자네가 지금 무슨 짓을 하고 있는지는 잘 알겠지?"

"그건 제가 해야 할 질문인 것 같군요. 당신들이 지금 무슨 짓을 하고 있는지 잘 아십니까? 창밖을 보십시오. 학생들의 목소리가 들리지도 않습니까?"

"집어 치워!"

쾅!

한준만 총장이 투박한 손으로 원탁을 내리쳤다. 하지만 윤우는 눈 하나 깜짝하지 않았다. 이 정도에 놀랐다면 회의실에 찾아오지도 않았을 것이다.

한준만 총장이 사람 좋은 미소를 지으며 이렇게 말했다.

"마지막 기회를 주겠네. 지금 당장 여기에서 사라진다면 오늘 있었던 일은 없었던 걸로 해 주지."

"국문과가 사라진다면 어차피 저도 이 학교에 머물러 있을 이유가 없습니다."

"허허, 그렇게 나오시겠다 이거지?"

총장이 미소를 지었다. 이사들의 분위기도 좋았다. 이제 윤우는 징계를 피할 수 없게 됐다.

그럼에도 불구하고 윤우는 여유롭게 웃었다.

"총장님, 그리고 여기 계신 모든 이사님들께 묻습니다. 도대체 학과통폐합이 우리 대학에 어떤 이익을 가져오는지 납득할 만한 근거를 들어 설명해 주십시오."

"그야 당연한 거 아닌가. 학과 운영을 효율적으로 해야 국제평가에서 유리하지. 수익 면에서도 나쁘지 않고 말이네. 무엇보다도 국문과는 세계적인 경쟁력이 없어. 그러니 다른 과와 함께…….”

윤우가 그의 말을 잘라먹었다.

“거기 계신 이사님은 우리 대학 현황을 전혀 모르시는 거 같습니다. 국문과의 수익기여율은 신화대에서 중간 이상입니다. 세계적인 경쟁력이요? 동남아시아에 한국어 열풍을 불러일으킨 게 도대체 누굽니까? 영문과입니까? 아니면 공대입니까?”

“그건 엄밀히 따지면 국문과가 아니라 한국어문학센터에서 한 일이지 않은가?”

짝짝짝짝—

윤우가 갑자기 박수를 쳤다. 그의 돌발 행동에 모두가 고개를 갸우뚱했다.

윤우가 말을 이었다.

“한국어문학센터가 국문과 산하 기관으로 흡수된 지 10년이 지났습니다. 대단하군요. 대학의 실정도 모르는 사람이 재단 이사로 앉아 있다는 게 놀라울 따름입니다.”

할 말이 없는지, 머리가 벗겨진 이사는 얼굴을 붉히며 고개를 홱 돌려 버린다. 곳곳에서 헛기침 소리가 들려왔다. 지레 찔린 것이다.

그때 안경을 낀 빼빼마른 이사가 끼어들었다.

"크흠, 시대의 흐름이라는 것도 생각해야지. 동아시아 학과만큼 세계적으로 통하는 학제가 또 있던가? 국제적인 감각을 갖춘 대학으로 키워야 세계에서 통하는 법이라네."

"아아, 그러시군요. 말씀 한번 잘 하셨습니다."

"뭐야?"

윤우는 피식 웃었다.

"우리 학생 하나 챙겨주지 못하는 학교가 무슨 국제적인 감각을 논합니까? 수신제가치국평천하(修身齊家治國平天下)라는 말도 있죠. 자기 학교 하나 관리하지 못하면서 무슨 세계 타령입니까?"

"자네 말이 좀 지나치잖아!"

"말이 지나치다는 것 이외의 이유를 말씀해 주실 이사님 계십니까? 손 좀 들어 보십시오. 아니. 이번에는 총장님께 질문을 한번 던져보죠."

윤우가 걸음을 옮겨 총장석 옆으로 이동했다. 윤우의 차가운 시선이 총장을 쿡 찔렀다.

"어떻게 생각하십니까?"

"돈이 안 돼."

미친 새끼.

윤우는 속으로 욕지거리를 내뱉었다.

"대학이 기업입니까? 왜 자본주의적인 논리로 학과를 재단하려고 하는지 이해를 못하겠군요."

"순진한 친구로군. 그럼 이번엔 내가 묻지. 돈이 없어도 대학을 운영할 수 있던가?"

"물론 그럴 수는 없습니다. 하지만 우리 대학에 돈이 없지는 않지요. 대학과 재단의 적립금만 합쳐도 7천 억이 넘습니다. 7천 억. 뭐에 쓰시려고 모아만 두십니까?"

"그야 중장기적인 학교의 발전을 위해서 써야지."

"그러셔야죠."

윤우가 단호하게 말을 이었다.

"그럼 학과통폐합 계획을 취소하십시오. 그게 신화대의 중장기적인 발전을 위한 유일한 길입니다."

NEO MODERN FANTASY STORY

# 뉴라이프

# NEW LIFE

## Scene #83 윤우, 선택하다

# Scene #83 윤우, 선택하다

"그래서, 어떻게 됐냐?"

"어떻게 되긴. 당연히 씨알도 안 먹혔지."

윤우가 소파에 몸을 기대며 한숨을 내쉬었다. 승주는 혀를 차며 고개를 가로저었다.

회의실을 뒤집어 놓고 다시 연구실로 돌아온 윤우는 김승주와 이야기를 나눴다. 도중에 이준희 교수가 끼어들어 윤우는 다시 한 번 회의실 사건을 설명했다.

윤우는 회의실에서 한준만 총장을 마지막까지 몰아붙였다. 하지만 그는 결코 만만한 상대가 아니었다. 담을 오르는 능구렁이처럼 변명과 회피를 일삼았다.

역시 아무나 총장을 할 수 있는 건 아니구나. 윤우는 그와 언쟁하며 그런 깨달음을 얻었다.

이준희 교수가 불만 섞인 목소리로 한마디 했다.

"씨알도 안 먹힐 짓을 왜 해요? 벌집을 건들인 꼴이 됐잖아요. 그나저나 큰일이네요. 총장이랑 이사들이 가만히 있지 않을 텐데……."

이준희 교수는 불안한지 손가락을 깨물었다. 윤우는 그저 웃기만 했고, 승주가 대신 대답했다.

"우리 위대하신 김 동지께서 꼬투리 잡힐 짓만 하지 않으면 되는 거 아니겠습니까? 회의 중에 난입해서 소란을 피우면 징계를 받는다는 학칙은 없으니까."

"그래도요. 어떻게든 꼬투리를 잡으려고 할 테니 그게 걱정인 거죠. 총장의 악랄함에 치를 떠는 사람이 우리 대학에서 한둘인 줄 알아요?"

"처신만 잘 하면 되지 않겠습니까? 안 그래?"

두 사람의 시선이 자신을 향하자 윤우는 고개를 가로저었다. 조금도 눈치를 볼 생각이 없었다. 오히려 이럴 때일수록 당당해야 한다고 생각했다.

윤우가 말했다.

"소득이 없었던 건 아니니 그걸로 만족합니다."

"소득이 없었다뇨? 씨알도 안 먹혔다고 한 건 김 선생님이잖아요. 뭐 다른 이야기라도 나온 거예요?"

"총장과 이사진들은 학과통폐합에 대한 의지가 확고하

더군요. 특별한 일이 없는 한 이대로 진행될 것 같다고 느꼈습니다. 그러니까 일말의 소득은 있었던 거죠."

"하아. 기대한 내가 잘못이지. 그럼 대책은요?"

시계를 힐끗 바라 본 윤우는 브리프 케이스를 챙겨 들며 자리에서 일어섰다. 6시 10분. 가연이의 퇴근 시간이 어느새 지나 있었다.

"대책은 이제 집에 가서 천천히 고민해 볼 생각입니다. 선생님들은 퇴근 안하십니까?"

"해야죠."

이준희 교수는 한숨을 푹 내쉬며 자리에서 일어섰다. 도대체 이 남자는 무슨 생각이기에 이렇게 당당한 걸까하고.

"일이 이렇게 된 거 어쩔 수 없죠. 저도 집에 가서 고민 좀 해 볼게요. 다들 내일 봐요."

"참, 이 선생님. 아까 과실에 가신 일은 어떻게 됐습니까?"

"완전 장례식장 분위기였어요. 우는 학생들도 많았고. 그래도 잘 다독였으니 너무 걱정 안 하셔도 돼요."

"고생하셨네요. 그럼 다들 내일 봅시다."

"들어가라. 이 선생님도 잘 가세요."

동료들과 헤어지고 주차장으로 내려간 윤우. 먼저 기다리고 있던 가연의 모습이 저편에 보이자 걸음을 재촉했다.

"많이 기다렸어? 승주 녀석이랑 할 얘기가 좀 있었어. 거기에 이 선생도 껴서 좀 길어졌네."

"괜찮아요. 나도 지금 왔어요."

그렇게 두 사람이 차에 올랐다. 윤우는 오랜만에 아내에게 직접 안전벨트를 매주었다. 덕분에 가연의 얼굴에 미소가 걸렸다.

"웬일이에요? 오늘 뭐 좋은 일 있었나?"

"잘 보여야지. 이제 백수가 될지도 모르는데."

"백수? 그게 무슨 말이에요?"

윤우는 일단 시동을 걸었다. 그리고 아까 회의장에서 있었던 일을 하나도 빠짐없이 아내에게 설명해 주었다.

"그런 일이 있었군요……."

"그래서 백수 얘길 한 거야. 총장뿐만 아니라 이사들한테도 들이댔으니 내 책상이 남아나겠어?"

"당신도 참."

소리 내어 웃는 것으로 끝. 아내는 별다른 대꾸를 하지 않았다. 윤우는 좀 의아했다. 한마디 정도는 잔소리를 할 줄 알았는데.

사실 가연은 소문을 들어 알고 있었다. 윤우의 회의실 사건은 굉장히 큰 화젯거리였기 때문에 학교 내부로 퍼지고 있는 중이다.

반응은 크게 두 가지였다.

무모한 짓이라고 평가하는 사람들도 있었고, 통쾌하다고 이야기하는 사람도 있었다.

정확히 따지면 후자가 조금 더 많았다. 그만큼 학교 내부에는 한준만 총장에게 불만을 품은 사람들이 여럿 있었다.

총장을 비판하는 사람들은 오래도록 신화대에서 일을 한 사람들이고, 강태완 이사장과 민경원 총장 시절을 그리워하는 사람이었다.

윤우는 두 경영진이 만든 황태자였다. 암암리에 윤우를 응원하는 사람들이 꽤 많은 것이다.

"당신은 걱정도 안 돼? 남편이 학교에서 대형 사고를 쳤는데. 쉽게 생각할 문제가 아니야. 내일 출근하면 연구실이 없어져 있을지도 모른다고."

"연구실이 없어지려면 내가 결재를 해야 하는데 호락호락 해 주겠어요? 난 남편 자리 없앨 정도로 냉정한 사람 아닌데."

반쯤은 진담이었다. 가연은 교무과장이다. 연구실부터 시작해서 신화대의 모든 교수들의 복리후생은 그녀가 책임지고 있었다.

"별일 없을 거예요. 당신이 틀린 이야기 한 것도 아닌데. 잘했어요. 옳은 말을 해야 할 때는 그렇게 해야죠. 난 오히려 당신이 자랑스러워요."

아내의 미소를 보니 기분이 좀 풀렸다. 다른 사람은 몰라도 아내에게만큼은 인정받고 싶었다.

가까운 곳에 아군이 있다는 것은 정말 든든한 일이다. 매번 하는 생각이지만, 윤우는 가연이와 결혼하기를 정말 잘했다고 생각했다.

"의외네. 난 또 당신이 혼낼 줄 알았는데."

"내가요? 언제 혼냈다고 그래요. 남들이 들으면 오해하겠어요."

윤우는 씨익 웃으며 엑셀을 밟았다. 하긴, 지금까지 수십 년간 같이 살아오며 아내는 자신에게 싫은 소리 한 번 한 적이 없었다.

학교를 빠져나온 차가 대로를 달리기 시작했다.

어느새 차 안은 조용해졌다. 두 사람은 탁 트인 대로를 바라보며 침묵하고 있었다.

그때 기어를 잡은 손에 무언가가 와 닿았다. 주름이 진, 하지만 윤우의 눈에는 예뻐 보이는 아내의 손이었다.

"너무 무리는 하지 마요. 힘들면 잠시 쉬어도 돼요. 지금까지 우리 가족을 위해 헌신해왔잖아요? 학교를 그만두더라도 아이들도 이해해 줄 거예요."

가연은, 왠지 윤우가 학교를 그만둘지도 모른다고 생각했다. 국문과가 없어진다면 말이다.

"그럴 생각 없어. 잘릴 때 잘리더라도 우리 과는 지켜낼 거야."

"일이 잘 해결됐으면 좋겠네요."

"쉽지는 않겠지."

전방을 주시하는 윤우의 눈이 진지해졌다.

위기에 빠진 신화대를 구해내기 위해서 어떤 일을 해야 할까. 집에 도착할 때까지 윤우는 끊임없이 여러 방책을 구상해 보았다.

◈

서재에 자리를 잡고 앉은 윤우는 턱을 괴고 골똘히 생각에 잠겼다. 15년 전, 포장마차에서 만났던 그 악마 같은 사내의 모습이 문득 떠올랐다.

– 이번 일은 자네 인생에서 대단히 중요한 분기점이 될 거야.

그때 사내가 했던 그 말.

그리고 악마 같은 사내가 한마디 덧붙였었다. 이번 선택으로 인해 자신의 미래가 달라질 것이라고.

결국 윤우는 많은 사람들의 우려에도 불구하고 한동진 위원장을 쳐내기로 결정했고, 가짜 정계진출 계획을 세워 성공적으로 그를 퇴출시켰다.

아마 그때의 일로 인해 신화재단의 여러 이사들에게 밉

보였을 것이 분명하다. 신화재단 이사들도 대부분 한사협에 회원으로 들어가 있으니까.

'그때 내가 한 일이 업보로 돌아온 걸까?'

그럴 가능성도 있었다.

어쩌면 자신의 미래는 파국을 향해 달려 나가고 있는지도 모른다. 그 악마 같은 사내가 예견했듯이 말이다.

실패한 미래.

그 두 단어가 떠오르자 윤우는 고개를 가로저었다.

성공이냐 실패냐는 운명이 결정해 주지 않는다. 윤우는 자신의 노력과 신념으로 성공을 이뤄낼 수 있을 거라고 생각했다.

이번에도 마찬가지다. 윤우는 자신의 모든 역량을 발휘해 이 위기를 넘어서겠다고 다짐했다.

'결국 그 방법밖에는 없겠어.'

윤우가 결정을 고민하던 바로 그 순간, 밖에서 노크가 들렸다. 그리고 문이 살짝 열렸다.

"아빠, 바빠?"

"아니. 무슨 일이니?"

큰딸인 하은이가 찻잔을 들고 안으로 들어왔다. 구수한 커피향이 물씬 느껴졌다.

"아빨 위해 특별히 직접 내린 거야."

"왜 안 하던 짓을 하고 그러냐? 용돈 떨어졌니?"

"안 떨어졌거든!"

입을 툭 내민 하은이가 윤우의 옆자리에 앉았다. 둘째 시은이는 서재에 자주 들어오긴 하는데, 하은이가 온 것은 굉장히 오랜만이었다.

"하은이 네가 이렇게 커피까지 내려오는 일은 흔하지 않으니까. 평소에 아빠 서재에도 잘 안 오잖아."

"뭐 필요한 게 있어야만 이런 일 하나?"

큰딸이 구시렁거렸다. 그러면서도 스스로 반성하는 하은이. 솔직히 지금까지 용돈 떨어졌다는 소리를 꽤 자주 하긴 했으니까.

"용돈 남았어. 저번에 엄마가 좀 줬거든."

"아껴 써라. 아빠가 늘 얘기하지만, 땅 파서 돈 나오는 거 아닌 거 알지?"

"알았어요."

사실 윤우의 집은 부유하다. 지금 아내와 함께 은퇴해도 평생을 먹고 살 수 있을 정도로. 그래도 윤우는 자식들에게 용돈을 줄 때마다 아껴 쓰라는 말을 매번 한다.

그래서 하은이는 늘 아르바이트를 하고 싶어 한다. 벌이가 좀 생기면 여유롭게 소비할 수 있으니까.

하지만 아르바이트는 절대 금물이었다. 학생이면 공부에 열중해야 한다는 윤우의 지론 때문이었다. 봉사활동이나 사회공헌 활동을 빼고는 공부만 해야 했다.

커피를 한 모금 마신 윤우가 딸에게 물었다.

"근데 너 왜 남친 안 데려와? 저번에 아빠가 말했잖아."

"왜 데려와? 결혼할 사람도 아닌데."

"남자는 같은 남자가 봐야 진국인지 아닌지 아는 법이다."

"내가 연애하는 거지 아빠가 하는 건 아니잖아. 내가 알아서 할 거야. 근데, 아빠."

갑자기 하은이가 말을 멈췄다. 윤우의 시선이 그쪽으로 돌아갔다. 크고 동그란 눈으로 자신을 바라보며 딸애가 말을 이었다.

"학교에서 사고 쳤어?"

"그래. 아주 크게 쳤다."

윤우는 그제야 큰딸이 커피를 들고 이곳에 온 이유를 알 것 같았다. 아마 아내가 들어가서 격려를 해 주라고 시켰을 게 분명하다.

"어떤 사고 쳤는데? 애들 때렸어?"

"인석이 하는 소리 하고는. 애들을 때렸으면 경찰서에 갔겠지 여기에 있겠냐?"

"하긴. 것두 그러네. 그럼 무슨 사고 쳤는데?"

"별일 아니니까 신경 쓰지 마라. 아빠가 어련히 알아서 잘할 거야."

"알았어요. 그럼 나 신경 안 쓸 테니까 아빠도 힘 내."

잠시 머뭇거리던 하은이가 윤우의 볼에 살짝 뽀뽀했다. 이게 얼마만일까. 윤우는 웃으며 고맙다고 말했다.

하은이는 민망했는지 바로 서재를 나섰다.

그제야 윤우는 결심할 용기를 얻었다.

자신의 신념과는 다른 길이었지만 학교를 위해, 그리고 학생들을 위해, 나아가서는 사랑스러운 가족들을 위해 새로운 것에 도전을 해 보기로.

◈

다음 날, 윤우는 윤보현 총재와 약속을 잡고 한국당 당사를 방문했다.

다른 사람도 아니고 윤우의 연락이었기 때문에 윤보현 총재는 선약을 미루고 당사에서 윤우를 기다렸다. 그리고 그를 반갑게 맞았다.

"자네가 이렇게 먼저 보자고 하는 날도 있고. 해가 서쪽에서 뜨겠군그래."

"죄송합니다. 제가 자주 연락을 드렸어야 했는데요. 뭔가 필요할 때만 뵙는 것 같아 송구스럽습니다."

"아니야. 그런 의미로 한 말은 아니었는데. 자, 어서 앉지."

윤우가 자리에 앉자마자 비서관이 다과를 내왔다. 윤우가 윤보현 총재의 최측근이라는 사실을 모르는 사람이 없어 대접이 극진했다.

"그래. 요즘 신화대가 좀 시끄럽던데, 어떻게 일은 잘 풀릴 것 같나?"

"아무래도 학생들 사이에서 큰 시위가 일어날 것 같습니다. 다음 주에는 교수협의회에 참석해서 동료들의 힘도 좀 모아볼까 합니다."

"결국 그렇게 되는 건가."

윤보현 총재가 혀를 찼다. 이렇게 일이 커지게 되면 대학 평가는 물론 국제적인 명성 또한 떨어지게 된다. 여러모로 대학에 악재로 작용할 것이다.

"저도 선두에 나서서 이번 통폐합에 대해 강하게 항의할 생각입니다. 실은 어제 이사회에 난입해서 경영진과 한판 하고 나오기도 했고요."

"자네가? 허허, 이거 세상 오래 살고 볼 일이군. 자네처럼 예의바른 사람이 그런 일을 저지르다니."

말은 그렇게 해도 윤보현 총재는 윤우를 이해해 주었다. 윤우가 신화대 국문과에 가지는 애착이 얼마나 큰지를 그도 잘 알고 있었으니까.

"그나저나 용건이 있어서 온 것 같은데. 무슨 일인가?"

"일전에 제게 하신 제안, 아직 유효합니까?"

"제안이라면……."

곧 윤보현 총재의 얼굴에 화색이 돌았다.

"선거 캠프 건 말인가?"

"예. 맞습니다. 늦지 않았다면 선거 캠프에 합류해서 총재님을 도와드리고 싶습니다."

"오오! 그거 반가운 소식이군. 자네가 들어와 준다면 정말 해줄 일이 많을 거야. 하하하!"

윤우는 화술에 능통하다. 또한 임기응변까지 뛰어나 선거 캠프의 대변인을 맡아도 손색이 없을 정도였다.

한참을 웃던 윤보현 총재가 물었다.

"그런데 왜 갑자기 마음을 돌린 겐가? 자네는 정치에는 조금도 관심이 없다고 하더니."

"제가 지금까지 소극적으로 행동했던 건 아닌가 싶은 생각이 들었습니다. 제 나이 마흔다섯. 이제는 적극적으로 뭔가 해봐야 하지 않나 싶네요."

"옳지. 잘 생각했어. 내가 늘 얘기하지만, 자네는 대학교수에 머물만한 인재는 아니야. 앞으로 나와 함께 큰일을 해보도록 하세."

"잘 부탁드립니다."

윤보현 총재가 윤우의 오른손을 두 손으로 감싸 쥐었다. 윤우는 손끝으로 전해지는 체온에서 굳은 신뢰를 느낄 수 있었다.

◈

"어머, 김 교수님. 어서 오세요. 오랜만에 오시네요?"

"그러게 말입니다. 요즘 하도 정신이 없다 보니."

교무과에 들어서자마자 막내 여직원이 윤우에게 알은척을 했다. 주변을 두리번거린 여직원은 조금 가까이 다가와 목소리를 낮춰 물었다.

"어제 회의실에서 소란이 있었다고 하던데, 괜찮으신 거죠?"

"별일이야 있겠습니까."

"김 교수님 응원하고 있는 직원들이 생각보다 많더라구요. 저도 그 중 한 명이고. 힘내세요. 포기하지 마시고. 아셨죠?"

윤우를 향해 생긋 눈웃음을 치는 여직원. 하지만 윤우는 별 관심이 없는지 고개를 돌려 아내의 자리를 살펴보았다. 자리가 비어 있었다.

"그런데 정 과장님은 출타중입니까?"

여직원은 윤우의 태도에 살짝 기분이 상했지만, 그래도 미소를 지으며 대답해 주었다.

"잠깐 수업과 가셨어요. 곧 들어오실 테니 여기에 앉아 계세요. 녹차 한 잔 드릴까요?"

"고맙습니다."

윤우는 여직원이 가져다준 녹차를 홀짝이며 아내를 기다렸다. 오늘 오전엔 수업이 없기 때문에 여유롭게 기다릴 수 있었다.

30분 정도 지나자 파일을 허리춤에 낀 아내가 교무과로 들어왔다. 윤우가 일어서 손을 슬쩍 들었다.

"웬일이에요? 당신이 여기에 다 오고."

"보고 싶어서."

"예?"

가연의 얼굴이 확 달아올랐다. 사무실에는 직원과 조교를 합쳐 모두 열 명이나 있는데, 이렇게 공개적으로 애정표현을 할 줄은 몰랐던 탓이다.

"과장님 보기 좋으십니다."

"아직도 신혼이신 거 아녜요? 부럽네요."

직원들과 조교들이 한마디씩 하며 즐겁게 웃었다. 얼굴을 들 수 없었던 가연은 윤우를 끌고 밖으로 나갔다.

두 사람은 대학본부 옆에 있는 흡연구역으로 나갔다. 둘 다 담배를 태우지는 않지만, 앉아서 이야기하는 데엔 여기만한 곳이 없다.

윤우는 캔커피 두 개를 뽑아 가연의 옆자리에 앉았다. 캔 하나를 직접 따서 아내에게 건넸다.

"고마워요. 그런데 이렇게 사람 놀리기예요? 어째 요즘 잠잠하다 싶었는데."

"화났어?"

"아니, 그런 건 아니고……."

결국 미소를 짓는 그녀. 나이가 들어도 한결같은 남편의 모습이 좋았다.

"그런데 교무과에는 무슨 일이에요? 당신, 한동안 그림자도 안 보이더니."

"고백할 게 있어서."

"고백이라고 하니까 옛날 생각나네요."

"그러게."

두 사람이 동시에 같은 장면을 떠올렸다.

고등학교 1학년 크리스마스날 밤의 데이트. 그때 윤우가 용기를 내지 못했다면 두 사람은 이렇게 가정을 이루지 못했을지도 모른다.

윤우가 말했다.

"그때 당신이 준 목도리 말이야. 참 따뜻했었는데. 당신, 내가 뭐 선물해줬는지 기억 나?"

"핸드크림이요. 어떻게 그걸 잊어요?"

"그거 받을 때 무슨 생각 들었어?"

"참 가정적인 사람이구나. 이런 사람이면 만나도 좋겠다. 이런 생각을 했었죠. 그런데 무슨 고백을 하려고요? 당신이 그렇게 말을 하니까 왠지 긴장되네요."

윤우는 잠시 뜸을 들였다. 학교 뒤편으로 펼쳐진 푸른

산으로 시선을 멀리 던지며 커피캔을 만지작거렸다.

"듣고 화 내지 않겠다고 약속해줄 수 있어?"

"알았어요. 약속."

"이번에 윤보현 총재님 대선캠프에 합류하게 됐어. 아직 구체적으로 어떤 역할을 할지는 안 정해졌는데, 조만간 언론에도 공개가 될 거야."

그 말에 가연이 한숨을 내쉬었다. 이제야 긴장이 풀린 모양이다.

"겨우 그거 얘기하려고 이렇게 사람 긴장하게 만든 거예요?"

"당신, 알고 있었어?"

가연은 고개를 끄덕였다. 그녀의 시선도 저만치 멀어져 맑게 갠 하늘을 향하고 있었다.

"어렴풋이 그런 생각이 들었어요. 당신이 뭔가 새로운 일을 해보지 않을까 하는. 늘 어려울 때마다 이것저것 판을 잘 벌였잖아요?"

"당신 말대로 판을 잘 벌이긴 했지만 수습은 썩 뛰어나게는 못 했지."

15년 전 한국당에서 공천을 받아 강남 선거구에 출마하려고 했던 그때의 이야기였다. 조금만 욕심을 부렸더라면 지금쯤 3선 의원 정도는 하고 있었을 것이다.

"약속해요. 도중에 포기하기 없기로."

가연이 새끼손가락을 들었다. 씨익 웃은 윤우는 그녀와 새끼손가락을 걸었다.

"그런데 강의는 어쩌려고요? 이번 학기에 9학점 강의를 하니까 선거 활동하고 같이 하기는 좀 어렵지 않겠어요?"

"준호 녀석한테 특강을 좀 부탁해야 할 것 같아. 전체를 다 맡길 수는 없으니, 중간 중간 특강을 껴 넣는 방식으로 때워야지."

"당신 입에서 때운다는 말 오랜만에 듣네요. 학생들한테 얘기 잘해요. 괜히 다른 말 나오면 골치 아파지니까요."

"알아서 잘 할게."

그렇게 두 사람이 자리에서 일어섰다. 잠시 후, 문리관으로 돌아온 윤우는 6층에서 내려 슬아의 연구실을 노크했다.

슬아는 윤우가 기획한 퍼즐에서 제법 큰 비중을 차지했다. 그녀가 대선 캠프에 합류를 해야 멋진 그림이 완성될 거라 생각해 찾아온 것이다.

"들어와요."

안으로 들어가니 젊은 남학생 두 명이 마침 자리에서 일어나고 있었다.

"윤 선생, 면담 중이면 이따가 올까?"

"아니. 괜찮아. 얘기 끝났어."

학생들이 나가고 둘이 마주앉았다. 그런데 윤우를 바라

보는 슬아의 눈빛이 애처롭다. 마치 도살장에 끌려가는 동물을 바라보는 듯한 그런 측은한 눈빛.

"왜 그런 눈으로 봐?"

"소문 들었어. 멋대로 회의실에 난입해 이사회를 난장판으로 만들어 놨다며? 학교에 온통 그 이야기뿐이야."

"반은 맞고 반은 틀려. 멋대로 회의실에 들어간 건 사실이지만 이사회를 난장판으로 만들진 않았거든. 애초에 이사회는 난장판이었지. 자격 없는 놈들로 가득한 곳이야."

슬아는 한숨을 내쉬며 고개를 가로저었다.

"지금 변명하려고 온 거니?"

"그건 아니고, 솔깃한 제안을 하나 하러 왔지."

"뭔데?"

"이번에 너희 아버지 대선 캠프에 참가하게 됐어. 너도 같이 하면 좋을 것 같아서 말이다."

NEO MODERN FANTASY STORY

# 뉴라이프

# NEW LIFE

## Scene #84 폴리페서(polifessor)의 길

# Scene #84 폴리페서(polifessor)의 길

한준만 총장은 총장실에 삐딱하게 앉아 비서실장의 보고만을 기다리고 있었다. 하지만 기대와는 다르게 한참이 지나서야 비서실장이 모습을 드러냈다.

한준만 총장의 눈매가 일그러졌다.

"왜 그렇게 빈둥거리나? 재깍재깍 알아보고 올 것이지. 어려운 것도 아니었잖아?"

"죄송합니다."

마음 같아서는 비서관의 얼굴에 서류철을 집어 던지고 싶었다.

하지만 이제 자신은 총장이 됐다. 교수 시절처럼 행동해서는 곤란했다. 화를 꾹 삼켰다.

"그건 됐고, 내가 시킨 건 어떻게 됐나?"

"상벌위원회를 열어 문책 정도는 할 수 있을 것 같습니다. 하지만 이런 사례가 처음이라서……."

듣기 싫은 보고가 들려오자 한준만 총장이 코웃음을 쳤다. 면전에 대고 호통을 치던 윤우의 모습을 떠올리기만 해도 울분이 차올랐다.

총장의 체면이 있지. 이대로 넘어가는 것은 자존심상 용납이 되지 않았다.

"처음이면 어때? 이 기회에 명확한 선례를 남길 필요가 있겠지. 민병철 교무처장 퇴근했나? 상벌위원회 위원들도 내일 소집해."

"저, 그게……."

"또 뭐야? 썩 나가서 위원들한테 연락 돌리지 않고. 네가 그렇게 굼뜨니 사소한 보고 하나조차 느리게 되는 거 아닌가!"

한준만 총장이 책상을 두드리며 신경질을 냈다.

보고를 해야 하나 말아야 하나, 비서실장은 한참이나 고민했다. 하지만 이왕 큰소리를 들은 김에 말을 해야겠다고 판단했다.

"아까 정치후원금 관련해서 한국당 당사에 방문을 했는데 말입니다."

"그게 왜?"

"직원들 사이에 김윤우 교수가 그쪽 선거 캠프에 합류한다는 이야기가 돌더라고요. 저도 우연히 들은 거라 맞는지 아닌지는 확실하지 않습니다만……."

"뭐?"

한준만 총장의 표정이 굳어졌다.

"어떻게 들은 이야기인데? 자세히 말해 봐!"

"제가 총재님을 뵙고 나가는 길에 그쪽 비서실 직원들이 이야기하는 걸 들었습니다. 어제 김 교수가 찾아와서 캠프 합류 의사를 밝히고 갔다더군요."

교수들이 대선 후보의 캠프에 합류해 도움을 주는 경우는 상당히 흔하다.

하지만 이번 경우는 좀 다르다. 한국당 윤보현 총재의 선거 캠프다. 당선이 유력하고, 만약 그가 대권을 잡는다면 윤우의 입지는 보다 단단해진다.

한준만 총장은 눈알을 굴리며 득과 실을 머릿속으로 계산해 보았다. 잔머리 하나는 기가 막히게 돌아가는 그였다.

"쥐새끼 같은 놈. 수를 썼구만."

"총장님. 역시 상벌위원회는 열지 않는 것이 좋지 않겠습니까? 괜히 김 교수를 처벌했다가 윤보현 총재의 눈 밖에 나면……."

"결정을 왜 자네가 하나! 결정권자인 내가 해야지."

"죄, 죄송합니다."

"썩 나가봐!"

비서실장은 허리를 굽히며 재빨리 총장실을 떠났다.

다리를 꼬고 삐딱하게 앉은 한준만 총장이 손가락으로 책상을 두드렸다.

딱딱딱.

"쯧, 일이 골치 아프게 됐어."

윤우가 윤보현 총재와 친분이 있다는 것은 익히 알고 있었다. 하지만 그가 정계에 발을 들일 줄은 전혀 예상을 못 했다.

윤우가 대선 캠프에 합류한 것은 정말 신의 한 수였다.

애초에 한준만 총장은 당선이 유력한 윤보현 총재를 후원하기 위해 정치자금을 준비하고 있었다. 비서관을 보낸 것도 후원 의사를 표하기 위해서였다.

그런데 만약 윤우에게 징계를 내리면 후원이 허사로 돌아간다. 징계 자체가 한국당 선거 캠프를 적대시한다는 뉘앙스를 풍길 수 있기 때문이다.

즉, 대선 캠프 합류 결정이 윤우에게 강력한 방어막으로 작용하는 것이다.

"그렇게 나온단 말이지……."

이를 바득 간 한준만 총장이 수화기를 들었다. 그리고 신경질적으로 내선 번호를 꾹꾹 눌렀다.

◈

비가 내리는 어느 날 오후, 신화대학교 정기 교수협의회가 열렸다.

날씨가 좋지 않아서인지 교수들의 참여율이 저조했다. 의도적인지 아닌지는 모르겠지만, 암암리에 학과통폐합을 지지하는 상경대 교수들이 단체로 의석을 비웠다.

반면 통폐합 학과로 선정된 교수들은 하나도 빠지지 않고 모두 좌석을 채웠다. 중립적이었던 이공계 교수들은 절반쯤 자리를 채웠다.

교수협의회장 배용준 교수가 단상에 올랐다.

"궂은 날씨에도 이렇게 참석해 주셔서 진심으로 감사를 드립니다. 지금부터 신화대학교 정기 교수협의회를 시작하도록 하겠습니다.

배용준 교수가 의사봉을 세 번 두드리는 것으로 교수협의회가 시작되었다.

첫 의제는 윤우의 몫이었다. 윤우는 작금의 대학의 기업화를 비판하고, 대학의 설립 취지에 반하는 학과통폐합을 반대한다는 의견을 표했다.

윤우가 이어 목소리를 높였다.

"따라서 우리는 목소리를 하나로 모아 대학 당국을 규탄해야 합니다. 의결이 되면 대학 당국에 항의 서한을 전달하는 것은 물론, 기자회견을 열어 우리들의 뜻을 분명히 전달할 것입니다."

윤우가 발언을 마치고 공개 질의시간이 열렸다. 워낙 정론에 가까워서인지, 특별히 윤우의 의견에 반대하는 교수들은 없었다.

배용준 교수가 나섰다.

"이의나 또 다른 질의사항이 없습니까? 없으면 모두 동의하시는 것으로 판단하고 의제를 통과시키도록 하겠습니다."

아무도 나서는 이가 없었다. 배용준 교수가 의사봉을 세 번 두드렸다. 윤우는 만족스러운 미소를 지으며 연단에서 내려왔다.

그리고 그 다음 날, 교수협의회 명의로 기자회견이 열렸다.

한창 대선에 대한 관심이 많아서인지 참석한 기자들은 채 열 명이 되지 않았다. 그나마 다행인 것은 메이저급 언론인 명인일보가 자리를 빛냈다는 것 정도다.

윤우는 교수협의회장인 배용준 교수와 총학생회장, 그리고 인문대 학생회장과 기자회견장에 자리했다. 플래시가 간헐적으로 터지며 이들의 모습을 담았다.

먼저 발언을 시작한 것은 총학생회장이었다. 총학생회장 신동범은 대학의 안이한 행정을 규탄하고, 학생들의 배울 권리를 빼앗으려 한다고 목소리를 높였다.

다음은 윤우의 차례였다. 윤우는 미리 준비한 성명서를 또박또박한 목소리로 읽어 나갔다.

"신화대학교는 전통의 사학으로서 대한민국의 고등교육 발전을 위해 공헌해 왔다고 자부합니다. 그러나 일방적인 학과통폐합 등 대학의 설립정신과 그 취지에 어긋나는 일이 최근 발생하고 있습니다. 이에 신화대학교 교수협의회에서는 민주적이며 합리적인 방법으로 학제 개편을 논의하고, 기초학문 보호에도 앞장서기를 대학 당국에 촉구하는 바입니다."

플래시가 두어 번 더 터졌다. 윤우가 준비한 성명서 낭독이 모두 끝나고 질의응답 시간으로 들어갔다.

기자들이 많이 참여하지 않았기 때문에 사회자가 질문 순서를 임의로 배정해 주었다.

"서울신문 김춘식 기자입니다. 앞서 말씀하신 내용은 대학 당국의 입장과 좀 다른 것 같은데요. 이번 학과통폐합에 학생들과 교수들의 의견이 전혀 반영되지 않았다는 말씀으로 이해해도 되겠습니까?"

윤우가 답했다.

"맞습니다. 안타깝게도 모든 것이 재단의 독단적인 결정으로 이루어지고 있습니다."

"이번에는 총학생회장께 묻겠는데요. 밖에서 학생들이 한창 시위를 하고 있는데, 언제까지 계속할 예정입니까?"

“통폐합이 철회되기 전까지 계속될 겁니다. 내일부터는 단식 투쟁이 예정되어 있습니다. 삭발식도 고려하고 있고요.”

그때 다른 기자가 마이크를 넘겨받았다. 명인일보에서 나온 기자였다.

“김윤우 교수님께 좀 다른 질문을 드리고 싶은데요. 들리는 소문에 이번 윤보현 총재 대선 캠프에 참가하신다는 이야기가 있습니다. 사실입니까?”

기자회견장이 술렁였다. 모든 사람들의 시선이 윤우를 향했다. 곧 그가 미소를 지으며 대답했다.

“사실입니다.”

윤우의 정계진출이 공식적으로 확인되는 순간이었다.

공동기자회견 이후 신화대 학생들의 시위가 한층 더 과격해졌다. 대강당 앞에서는 기자들이 모인 가운데 여학생들의 삭발식이 거행되기도 했다.

눈물을 흘리며 머리를 잘라내는 여학생들의 모습이 신문과 방송을 타고 전국에 퍼졌다.

하지만 생각보다 반응은 미미했다.

학생들의 입장에서는 발등에 떨어진 불과 같은 일이었

지만, 일반인들의 눈에는 그저 구조조정을 하는 기업과 다를 바 없어 보였기 때문이다.

이미 대한민국의 대학은 취업을 위해 존재하는 기관으로 인식되고 만 것이다.

그래도 그나마 다행인 것은, 신화대 학생들의 목소리가 통폐합을 추진하던 다른 수도권 대학에 영향을 끼치기 시작했다는 점이다.

몇몇 학교가 통폐합을 시도했다가 학생들과 학부모의 거센 항의에 부딪혀 계획을 철회해야만 했다.

하나둘 통폐합을 철회하는 것을 보며 신화대 인문대 학생들은 일말의 희망을 품고 더 목소리를 높였다.

하지만 기적은 일어나지 않았다.

총학생회와 교수협의회에서 강하게 항의를 하며 교섭을 시도했지만 대학 당국은 한 달째 움직이지 않고 있었다.

그러다보니 학생들은 더욱 깊은 불안감에 빠져들었다. 이대로 시간이 흐른다면 재단에서 원하는 대로 통폐합이 진행되기 때문이다.

이러한 소통의 부재는 모두 한준만 총장 때문이었다.

한준만 총장은 언론과의 인터뷰를 이어가며 학과 통폐합을 정당화했다. 때로는 학교 경영의 어려움을 토로해 대중들의 감성을 자극했다.

그럴 때마다 신화대학교 총학생회와 교수협의회도 언론

과 접촉해 학과 통폐합의 진실을 낱낱이 까발렸다. 물론 소득은 조금도 없었다.

말 그대로 지루한 장마처럼 의미 없는 싸움이 계속되고 있는 중이다.

오늘도 학생들의 외침이 한창이다. 조용한 곳이 없었다. 물론 한준만 총장과 민병철 처장이 이야기를 나누는 총장실만큼은 예외였다.

"그런 일이 있었단 말이지? 김 교수가 머리깨나 썼군그래. 폴리페서(polifessor)의 길을 가겠다는 건가. 하하하. 재미있군. 재미있어. 요즘 교수들은 개나 소나 선거 캠프에 뛰어들어서 문제라니까."

백발을 뒤로 쭉 넘겨 댄디한 느낌을 주는 사내. 그가 바로 민병철이었다.

그는 교무처장이자 경영대 교수이기도 했다. 한준만 총장과는 교수 시절부터 알고 지낸 친구 사이였다. 그래서 비공식적인 자리에서는 서로 말을 편히 했다.

한준만 총장이 담배를 깊게 빨며 말했다.

"후우, 안 그래도 장 비서가 걱정을 하더군. 지금 김 교수를 건드리는 건 좋지 않은 선택이라고. 자네 생각은 어때?"

"내 생각도 그래. 김 교수를 징계하는 것은 시기적절하지 않아. 한국당 대선 캠프라면 얘기가 다르니까. 대선이 끝난 이후에 검토를 해보는 게 좋겠어. 물론, 윤보현 총재가 패배한다는 가정 하에서 말이야."

그것은 한준만 총장의 역린을 건드리는 말이었다. 하지만 민병철은 안목이 탁월한 사람이었다. 그래서 한준만 총장은 가만히 듣고만 있었다.

잠시간의 침묵.

곧이어 눈을 치뜬 한준만 총장이 입을 열었다.

"방법이 없겠나?"

"글쎄. 상황이 이런데 다른 방법이 있겠나? 자네가 한발 물러서는 수밖에."

"그것도 문제야. 이사회의 위신이 걸린 일이라고. 한낱 교수 나부랭이가 회의실에 난입해서 깽판을 놓는 게 말이나 되나? 우리 때는 생각도 못할 일이지."

"소탐대실(小貪大失)인 일이야. 김 교수가 뭐라고 그렇게 집착을 하나? 자네 말대로 한낱 교수 나부랭이일 뿐인데."

"그건 그렇지만……."

정곡을 찌르는 한마디였다.

한준만 총장의 눈빛에 서린 분노가 차츰 사그라졌다. 생각해보니 그의 말이 맞았다. 지금은 윤우보다 윤보현이라는 대어를 잡아야 할 때다.

"그런데 윤보현 총재 후원 금액은 얼마로 정했나?"

"아직 확실히 정하진 않았어. 큰 거 세 장 정도 생각하고 있는데, 좀 더 지켜봐야지."

"세 장? 허허, 이 친구 제대로 배팅을 하려고 하는군. 얼마나 벗겨먹으려고 그래?"

껄껄거리며 웃은 민병철 처장이 한마디 덧붙이려다 멈췄다. 밖에서 노크가 들렸기 때문이다.

"총장님. 지금 이사장님께서 오셨습니다."

"뭐? 이사장님께서?"

여직원의 보고에 깜짝 놀란 두 사람은 자리에서 일어섰다. 곧이어 신화대학교의 절대자, 강민호 이사장이 다급한 걸음으로 들어왔다.

젊었던 시절에 비해 허리가 좀 굽었다. 그래도 건강해 보였다. 강태완 이사장의 아들답게 나이든 모습도 그와 많이 닮았다.

"아, 민 처장도 있었군. 마침 잘 됐어."

잘 됐다니? 도대체 무슨 말을 하려는 걸까.

한준만 총장과 민병철 처장은 이어지는 강민호 이사장의 말에 귀를 기울였다.

"밖에서 시위하는 학생들 말이네. 저대로 놔둬도 괜찮은 건가? 단식에까지 들어간 모양이야. 학생들이 쓰러지기라도 한다면 아홉시 뉴스에 대문짝만하게 날 텐데."

"걱정하지 마시죠. 배가 고프면 몰래 야식이라도 챙겨

먹을 겁니다."

"그걸 지금 대답이라고 하나?"

강민호 이사장이 한심스러운 눈으로 한준만 총장을 올려다봤다. 연줄만 아니었다면 총장 자리에 앉히지 않았을 것이다.

"꼭 이렇게 통폐합을 강행해야겠나? 듣자 하니 교수협의회에서 협상을 제안했던데. 그건 어떻게 됐나?"

"보류 중입니다."

"왜?"

"들을 가치도 없기 때문이죠. 이사장님. 이번 통폐합은 꼭 진행돼야 합니다. 그래야 세계적인 대학으로 우뚝 솟을 수 있을 겁니다."

"내 말은, 이렇게 크게 리스크를 짊어지고 갈 필요가 있냐 이거야. 응?"

일이 커지자 이사진들의 불안감이 증폭되었던 것이다. 강민호 이사장이 총장실까지 달려온 것도 측근 이사가 우려를 표명했기 때문이다.

한준만 총장은 이해를 할 수가 없었다. 왜 잘 나가다가 말을 바꾸려는 것일까.

"아무튼 잘 해결 보도록 해. 학생들 회유하는 거 잊지 말고. 자네도 경영학과 교수였다면 잘 알 거 아닌가? 지금이야말로 리스크를 관리해야 할 때라는 걸."

강민호 이사장은 그렇게 한마디를 쏟아내고 다시 왔던 길을 되돌아갔다.

"나도 이만 가봐야겠군. 이사장님 말씀 틀린 거 없어. 김 교수와는 적당히 타협하도록 해."

민병철 처장도 총장실을 나갔다.

홀로 남은 한준만 총장은 한참을 생각했다. 이사장과 교무처장이 저렇게까지 나온다면 윤우와 적당히 타협을 보는 게 좋을 것 같았다.

'젠장. 되는 일이 없구만.'

한준만 총장은 즉시 전화기를 들고 윤우를 총장실로 호출했다. 하지만 윤우는 그로부터 한 시간이 지난 후에야 모습을 드러냈다.

"왜 이렇게 늦었나?"

윤우가 시계를 바라보며 대답했다.

"한 시간밖에 지나지 않았네요. 한 달째 아무런 액션도 없는 대학본부보다는 빠르지 않습니까?"

"뭐라?"

윤우가 비아냥대자 분노가 목까지 차올랐다. 그래도 한준만 총장은 화를 애써 참았다. 소탐대실이라는 네 글자를 마음에 새기면서.

"자리에 앉지."

"그러죠."

윤우는 소파에 등을 기대며 시선을 다른 곳으로 돌렸다. 비협조적인 태도를 보이는 것이 영 못마땅했지만, 지금 아쉬운 건 자신이었다.

"듣자 하니 윤보현 총재 선거 캠프에 합류한다고?"

이미 공동기자회견장에서 밝힌 일이었다. 학교 내에서 윤우가 캠프에 합류한다는 걸 모르는 사람은 없었다.

"영문과의 윤슬아 선생도 함께 할 겁니다. 아무래도 친족이니까요. 저도 도움을 많이 받았으니 청을 뿌리치기가 어려웠습니다. 그런데 뭐 문제라도 있으십니까?"

"문제는 없지. 이제 곧 언론에 공식적으로 발표가 되겠군? 선거 캠프 발족 말이야."

"일단 내일 모레로 예정되어 있습니다."

"크흠."

한준만 총장은 주먹을 말아 쥐고 헛기침을 했다. 그리고 윤우를 진지하게 바라보았다.

"단도직입적으로 말하지. 자네가 선거에 개입하는 건 말리지 않겠네. 하지만 선거 캠프를 사적으로 이용하지는 말아줬음 해."

"사적으로요? 그게 무슨 말씀입니까?"

"예를 들면 저번 공동기자회견 때처럼 말이야. 앞으로 자네가 언론에 많이 접촉하는 만큼 학교 이야기는 하지 말았으면 해서."

"그게 왜 사적인 이용이 되는지 모르겠네요."

"학교의 일이잖나. 학교의 일은 자네의 일이기도 하고. 언론과 접촉할 때는 정치적인 스탠스만 보여 달라 이거지."

윤우가 피식 웃었다.

예상대로 대화가 흘러가고 있었다. 물론 그는 총장의 사정을 조금도 봐줄 생각은 없었다.

"총장님. 제가 왜 윤보현 총재님을 선택했는지 아십니까?"

"개인적인 친분 때문이 아닌가?"

"아닙니다. 바로 윤보현 총재께서 준비하고 계신 공약 중에 제 마음에 쏙 드는 게 하나 있었기 때문이지요."

"그게 뭔데?"

"사학법 개정."

그 한마디에 한준만 총장의 안색이 변했다. 마치 사형선고처럼 들렸다.

개정한다는 것은 잘못된 것을 바로잡는다는 의미다. 그렇다면, 지금처럼 적립금을 쌓아두는 식의 이윤추구가 어려워질 수도 있다.

윤우가 설교하듯 말했다.

"현재 국내 대학의 문제점이 뭔지 아십니까? 바로 사학법입니다. 설립주체와 이사회에 너무나도 많은 권한이 몰려 있어 횡포가 날이 갈수록 심해지고 있어요. 결국 피해를 입는 건 교수들과 학생들이죠. 저는 이런 폐단을 개혁하려는 총재님의 뜻에 공감해서 협력하려는 겁니다."

"횡포라니. 말이 심하군. 자네가 뭔가 오해를 하고 있는 것 같은데……."

"심한 건 아니죠. 지금 총장님께서도 그런 행동을 하고 계시지 않습니까? 학내 구성원들의 의견은 묵살하고 독단적으로 통폐합을 결정하시는 게 꼭 독재자를 보는 것 같습니다만."

윤우의 독설은 거침이 없었다. 어차피 정계 진출을 선택한 이상 몸을 사릴 필요는 없다. 교수직에서 파면된다고 해도 돌아갈 곳이 있으니까.

"좋아. 알았네. 내가 백 보 양보하지. 내일 당장 교수협의회 및 총학생회와 교섭을 하도록 하겠네."

"잘 생각하셨습니다."

윤우는 만족스럽게 웃었다. 하지만 그런 윤우를 바라보는 한준만 총장의 표정은 씁쓸했다.

◈

윤우가 예상했던 대로 대학 당국과의 교섭은 무위로 돌아갔다. 서로간의 입장차를 좁히지 못하고 논의가 끝난 것이다.

잠시 멈추었던 학생들의 시위가 다시 시작되었다. 단식 투쟁도 마찬가지. 한준만 총장은 혹시나 하는 마음에 근처에 앰뷸런스를 대기시켜 놓는 치밀함을 보였다.

"총장님. 교무과장님 오셨습니다."

"모셔."

가연이가 안으로 들어오자 한준만 총장이 양팔을 벌리며 그녀를 맞았다.

"어서 오세요. 정 과장. 기다리고 있었습니다."

"안녕하세요. 총장님. 이렇게 뵙는 건 처음이네요."

"그러게 말입니다. 하하하!"

어색한 분위기를 깨려 한준만 총장이 웃음을 터트렸다. 곧 두 사람이 소파에 앉았다. 가연은 적당한 긴장을 유지하며 허리를 곧게 세웠다.

한준만 총장이 양손바닥을 만지작거리며 물었다.

"어때요. 일 하는 데 어려움은 없습니까?"

"민 처장님께서 신경을 많이 써 주셔서 어려운 점은 없어요. 그런데 무슨 일로 부르셨나요? 솔직히 좀 놀랐어요. 갑작스럽게 부르셔서."

"아아, 정 과장이 뭔가 실수해서 부른 건 아니니 오해는 마시길. 그냥 이런저런 이야기 좀 나눠볼까 해서 올라오라고 한 겁니다."

가연은 고개를 갸웃했다. 회심의 미소를 지은 한준만 총장이 속내를 밝혔다.

"그게…… 김윤우 선생 때문에 말입니다."

"제 남편이요?"

"전에 한번 불러서 얘기를 해 봤는데 김 선생이 좀 오해를 하고 있는 것 같습니다. 우리도 학과 통폐합을 강행하고 싶지는 않아요. 하지만 사정이 여의치 않다보니…… 그러니까 정 과장께서 김 선생을 좀 설득해 주십사 해서."

윤우가 애처가라는 사실을 알고 작업한 것이다. 윤우만 물러서 준다면 이번 통폐합 건은 대학 당국의 승리가 확실시된다.

"그런 일이 있었군요."

"예에. 이것 참 면목이 없습니다."

가연이 싱긋 웃었다. 한준만 총장은 기대 어린 눈으로 그녀를 바라보며 대답을 기다렸다.

"그런데 제 생각도 남편과 같아요. 이번 일은 재단의 책임이 크다고 생각해요. 학생들은 물론 교수님들과도 충분히 이야기를 나눠 보셨으면 합니다. 아직 늦지 않았어요."

한준만 총장의 표정이 싸늘하게 식었다. 자신을 도와줄 거라고 지레 기대했는데 전혀 반대의 결과가 나왔다.

"아니, 내 말은 그게 아니라……."

"총장님도 우리학교를 더 좋게 만들려고 하신 일이잖아요? 그런 일일수록 모두의 의견을 귀담아 듣는 게 중요하다고 생각합니다. 그게 바로 총장님의 임무이기도 하고요.”

가연이가 자리에서 일어서더니 허리를 굽혔다.

“이만 실례하겠습니다.”

“정 과장! 잠깐만. 아직 내 얘기 안 끝났어요!”

한준만 총장은 손을 뻗으며 가연을 붙들려 했다. 하지만 그녀는 뒤돌아보지 않고 총장실을 나갔다. 한준만 총장은 혀를 차며 도로 주저앉았다.

그때 뭔가를 떠올리고는 리모콘을 눌러 TV를 켰다.

때마침 뉴스가 송출되고 있었다. 한국당의 심벌이 보였고, 연단에서 윤보현 총재가 자신감 넘치는 목소리로 연설을 하고 있었다.

그 오른쪽에 익숙한 사내의 얼굴이 보였다.

바로 윤우였다.

윤보현 총재 선거 캠프의 대변인으로 선임되어 공식적인 활동을 시작하는 순간이었다.

NEO MODERN FANTASY STORY

# 뉴라이프

# NEW LIFE

## Scene #85 대선 캠프

윤우가 국문과 전공강의실로 들어왔다. 잡담을 나누던 학생들이 제자리에 앉았다.

시위 때문에 자리가 많이 빌 줄 알았는데 제법 시끌벅적하다. 강단에 서서 출석을 부르기 시작하는 윤우. 결석자가 두 명이니 이 정도면 양호한 편에 속했다.

출석부를 접고 학생들을 쭉 둘러보았다. 다들 표정이 평소와 달랐다. 그늘이 져 있다.

원인은 학과 통폐합 때문일 것이다. 윤우는 마음이 아팠지만, 겉으로는 웃어 보였다.

교수는 학생들에게 힘이 되어 줄 수 있는 존재가 되어야 한다. 비바람에 몸을 사리는 것이 아니라 그 비바람을 막아 줄 수 있어야 한다.

윤우가 마이크를 들었다.

"다들 고생이 많네요. 시위하랴 공부하랴. 왠지 이번 시간에는 지주들에게 저항하는 농민소설을 다뤄야 할 것 같은 느낌인데요? 아니면, 시위장에서 야외수업을 한다든지."

"야외수업 찬성이에요!"

"저도요."

윤우의 농담에 학생들의 얼굴이 조금 밝아졌다.

안 그래도 오늘은 수업을 할 생각이 없었다. 학생들에게 전할 말이 있었다.

"참고로 오늘은 진도를 나가지 않겠습니다. 시위 때문은 아니고. 여러분들께 중요한 말을 전해야 해서 말입니다."

학생들이 집중했다. 마이크를 쥔 윤우가 강단에서 내려오며 말을 시작했다.

"다들 아시겠지만 제가 이번에 대선 캠프에 참가하게 됐습니다. 그래서 오후 수업을 하기가 어려워졌어요. 다음 주부터는 특강 형식으로 다른 선생님들이 오셔서 대신 강의를 해 주실 겁니다. 먼저 양해를 구하지 못해 미안하네요."

학생들이 웅성거렸다.

그중에 평소 윤우의 연구실에 자주 들락거리던 남학생이 손을 들었다. 윤우는 고개를 끄덕여 발언을 허가했다.

"대신 강의하시는 선생님들은 어떤 분들입니까?"

"여러분들도 잘 아시는 분입니다. 우리 과의 김승주 선생님이 대신 수업을 진행할 겁니다. 특강 강사로는 여러분들의 선배인 김준호 선생이 올 거고요."

한때 윤우의 조교로 활약했던 김준호는 국문과가 아니라 교양학부 교수로 임용이 되었다. 그곳에서 글쓰기 및 문학 일반에 대해 강의하고 있다.

"다들 불만스러운 표정이군요."

"아쉬워요. 선생님 수업 들으려고 온 건데."

"그럼 학교는 이제 그만 두시는 건가요?"

학생들이 동요하기 시작했다.

동요하는 만큼 윤우는 인기가 많았다. 다른 국문과 교수들도 물론 훌륭하긴 했지만, 윤우만큼 인간미가 넘치는 지식인은 찾아보기가 어려웠다.

윤우는 작게 한숨을 내쉬었다. 막상 말하려니 미안한 마음에 입이 잘 떨어지지 않았다.

"당장 그만둔다는 얘긴 아닙니다. 아마 올해까지는 학교에 남아 있을 겁니다. 하지만 내년부터는 어떻게 될지 저도 약속을 드리기가 어려울 것 같군요."

"교수님……."

윤우는 솔직하게 말했다.

만약 윤보현 총재가 대통령에 당선된다면 요직에 진출할 것이 분명한 상황. 그때가 되면 어쩔 수 없이 대학을 그만둬야 한다.

기왕 정계에 진출하기로 마음을 먹은 이상 제대로 해봐야겠다고 결심했다. 어설픈 마음가짐은 걸림돌이 될 뿐이다.

"물론 이대로 무책임하게 여러분들 곁을 떠나진 않을 겁니다. 여러분들, 그리고 우리 과를 지키기 위해 끝까지 최선을 다해 볼 생각입니다."

그때 한 남학생이 손을 들며 자리에서 일어섰다.

"교수님. 민감한 질문 하나 드려도 괜찮겠습니까?"

"예, 말씀하세요."

민감한 질문이라는 말에 국문과 학생들이 모두 질문자를 쳐다보았다. 눈빛이 인상적인 청년이었다.

"왜 하필 여당 선거 캠프로 들어가신 겁니까? 윤보현 총재라면 대표적인 보수주의자인데요. 원래 정치적인 성향이 보수 쪽이셨던 건가요? 개인적으로 교수님을 참 존경하는데, 그 이유가 진보적인 성향이 있으셔서 그런 거였거든요."

윤우는 쓴웃음을 지었다.

적어도 강의실에서만큼은 정치적인 이야기를 하고 싶지

않았다.

진보냐 보수냐. 한창 편가르기가 횡행하는 시기다. 오죽하면 SNS에서 정치 성향 체크 프로그램까지 돌아다니는 판국일까.

"제가 보수주의자라고 하면 학생이 실망하겠군요."

"아뇨, 그런 건 아니지만……."

"이해합니다. 당연히 궁금할 테지요. 결론부터 말하자면 저는 진보도 보수도 아닙니다. 다만 어떤 방식으로 세상을 바꿔나갈까를 중요하게 생각할 뿐이에요."

"답변이 조금 모호합니다. 중도라는 말씀입니까?"

"그것도 아닙니다."

질문을 한 남학생은 고개를 갸웃했다. 아무리 생각해도 윤우의 말이 잘 이해되지 않았던 것이다.

"이건 좀 긴 이야기가 되겠는데요."

윤우는 마이크를 든 채 잠시 회상에 잠겼다. 왜 정계 진출을 선언했는지, 또 왜 자신이 이 자리에서 서서 학생들을 가르치고 있는지에 대해.

윤우의 눈빛이 깊어지나 싶더니, 다시 반짝이며 원래의 총명한 눈빛으로 돌아왔다.

"여러분들께 이야기를 했던가요? 제가 교수가 된 이유 말입니다."

"아뇨."

"말씀 안 하셨어요."

"여학생들이 많아서?"

그 와중에 어떤 학생이 던진 농담에 강의실이 웃음소리로 가득 찼다. 뭔가 남자라면 반박하기가 어려운 이유였다.

좀 진정이 될 무렵에 윤우가 계속 말했다.

"제가 교수가 된 이유는 간단합니다. 학계가 병들어 있었기 때문이죠. 제 손으로 이곳을 정화하고 싶다는 생각이 들었습니다. 실제로 여러분들이 생각하는 것보다 교수들은 어렵게 생활을 하고 있거든요. 특히 전임이 아닌 분들은. 지금은 꽤 처우가 좋아졌지만 예전에는 그렇지 않았죠."

학생들은 윤우가 왜 그런 이야기를 꺼내는지 이해하지 못했다. 하지만 관심 있게 그의 말을 경청했다.

"아무튼 전 그렇게 교수가 됐고, 하나 둘 계획을 세워 병든 학계를 치료하는데 전념했습니다. 한사협과 마찰을 겪기도 했고, 대학개혁위원회에서 큰소리도 몇 번 냈었죠. 지금에야 고백하는데 그 일로 대통령까지 만나봤었습니다. 뭐, 그 과정에서 운이 많이 따라준 건 사실이죠. 그래서 계획을 어느 정도 성공시킬 수 있었습니다."

윤우가 다시 단상 위로 올라왔다. 커피로 목을 축인 다음 다시 마이크를 입에 댔다.

"정치판에 뛰어든 것도 마찬가집니다. 저는 보수이기 때문에 한국당을 선택한 게 아닙니다. 한국당 후보로 나서는 윤보현 총재가 제가 바라는 개혁안을 가지고 있었기 때문이죠."

윤우의 시선이 질문을 꺼낸 남학생 쪽을 향했다.

"즉, 저는 정치적인 신념으로 당을 선택한 것이 아니라 미래를 보고 당을 선택한 것입니다. 저는 정치에 대해서는 잘 모릅니다. 하지만 이것만은 잘 알고 있어요. 이념으로 선택하는 정치는 건강하지 못하다고."

많은 의미가 함축된 말이었다.

윤우의 말을 이해하지 못한 학생들도 있었다. 하지만 적어도 질문을 던진 남학생은 윤우의 말을 이해했다는 듯 수긍하며 자리에 앉았다.

씨익 웃은 윤우가 좌중을 둘러보더니 한마디 했다.

"제가 말을 좀 어렵게 했나 보네요. 아무튼 제가 정계에 입문한 것도 실은 학계를 바꾸겠다는 계획의 연장선에 있습니다. 좀 더 높은 자리에서 더 많은 것을 바꾸기 위해서요."

그제야 몇몇 학생들이 고개를 끄덕였다.

"일단 제 목표는 윤보현 총재를 대통령으로 만드는 것이지만, 궁극적인 목표는 사학법을 개정해서 여러분들과 여러분들의 후배들이 좀 더 좋은 환경에서 공부하게 만드는 것입니다. 이제 충분한 설명이 됐나요?"

짝짝짝—

박수가 터져 나왔다. 윤우는 흡족하게 웃으며 강의를 마무리했다. 질문을 던져준 남학생 덕분에 마무리를 깔끔하게 할 수 있었다.

그 남학생의 이름을 기억하며 연구실로 돌아오니 이준희 교수가 자리에 앉아 기다리고 있었다.

"왜 그렇게 못마땅한 표정으로 앉아 계십니까?"

이준희 교수가 대답 대신 손에 쥔 종이를 흔들어 보였다. 대학교육평가원 로고가 인쇄된 종이였다. 아무래도 금년도 대학평가 결과가 나온 모양이다.

"좀 보겠습니다."

"그 전에 청심환 하나 드시는 게 좋을 것 같은데요."

"그 정도입니까?"

이준희 교수가 고개를 끄덕였다. 윤우는 평가지를 받아 꼼꼼히 읽어 보았는데, 곧 그가 한숨을 내쉬며 낙담했다.

"엉망이네요."

"그럴 수밖에요. 학과가 없어질 위기에 처했는데 점수를 좋게 주겠어요?"

이준희 교수는 은근히 고소하다는 말투다.

신화대학교 국문과는 전국 동일계열 국문과 중 8위를 차지했다. 전년도 1위였던 것을 생각한다면 완벽한 추락이었다.

전체 대학평가도 하향 조정되었다. 전년도 종합 3위였던 순위가 10위로 내려앉았다. 홍보과에 비상이 걸릴 일이었다.

이대로라면 세계 대학 평가에도 영향을 끼칠 것이 분명했다.

윤우가 나직이 말했다.

"이거, 한 총장이 가만히 있지 않겠는데요."

"아마 지금쯤 펄쩍펄쩍 뛰고 있지 않을까요? 그래도 어느 정도 예상은 했을 거예요. 언론에서 저렇게 터트리고 다니는데 평가가 좋다면 오히려 그게 이상하잖아요. 돈 먹였다는 이야기만 나오지."

"예상은 못 했을 겁니다. 총장은 그렇게 생각이 깊은 사람이 아니거든요."

윤우가 씁쓸히 웃었다.

만약 한준만 총장이 생각이 깊은 사람이었다면 학과 통폐합을 철회했을 것이다. 학내 구성원이 모두 반대를 하고 있는데 대학 본부에서만 강행하고 있었다.

'너무 잡아당기기만 하면 끊어지는 법인데. 그 간단한 이치를 모르다니.'

윤우는 국문과가 사라지는 것 이상으로 신화대의 위상에 손상이 가지 않을까 걱정되었다. 대학이 없다면 학과도 존재하지 않는 법이니까.

옛 은인이었던 강태완 이사장이 세상을 뜨기 전에 윤우에게 한마디를 남겼다.

신화대를 잘 부탁한다고.

윤우는 그 뜻을 저버릴 생각이 없었다. 이렇게 한준만 총장과 대립각을 세우는 것도 모두 신화대를 위해서였다. 순응한다면, 학교는 점차 쇠퇴할 게 분명하니까.

똑똑—

문이 열리더니 슬아가 안으로 들어왔다. 이준희 교수는 그녀에게 인사를 건네고 자신의 연구실로 돌아갔다. 여전히 두 사람은 거리감이 있었다.

“대학 평가 봤어?”

슬아는 고개를 끄덕였다.

10년 만에 영문과가 국문과를 추월해 인문대 1위를 차지했다. 하지만 딱히 내색하지 않았다. 없어질 위기에 처한 과한테 이겨봐야 무슨 소용일까.

시계를 본 슬아가 말했다.

“슬슬 당사로 가야지. 아버지가 기다리시겠다. 차 가져왔니?”

“아니. 오늘은 신세 좀 지자.”

오늘은 선거 캠프 수뇌부 회의가 있는 날이었다. 윤우는 슬아의 차를 얻어 타고 한국당 당사로 향했다.

◈

“어서 오세요. 후보께서 기다리고 계십니다.”

윤보현의 호칭이 총재에서 후보로 바뀌었다. 캠프가 출범했으니 이제 본격적으로 대선 준비에 들어간 것이다.

사무관이 윤우와 슬아를 정중하게 맞았다. 직접 따라 나와 당사 안에 마련된 선거 캠프까지 그들을 안내했다.

사무관으로서는 당연히 그럴 수밖에 없었다.

대변인은 선거 캠프를 대표하는 얼굴이나 다름이 없다. 하는 일에 비해 중요도가 굉장히 높은 직책이다.

윤우는 대변인이 갖춰야 할 조건을 모두 갖춘 이상적인 인재였다. 훤칠한 키와 준수한 외모. 그리고 발음의 정확성은 물론 신뢰를 주는 목소리까지.

거기에 한국대학교 출신이라는 걸출한 배경까지 있어 금상첨화였다. 이미 윤우는 17세에 학술논문을 쓴 천재라는 평을 들으며 주목받고 있었다.

한편 슬아는 참모진으로 참가했다. 해외파답게 외국에 나가있는 유권자들을 대상으로 홍보전략을 수립하고, 해외 언론 인터뷰를 전담할 것이다.

“차는 뭐로 드릴까요?”

“커피로 줘요.”

“저도.”

고개를 끄덕인 비서관이 캠프 출입문을 열었다.

안으로 들어가니 윤보현 총재가 신주영 선거본부위원장과 이야기를 나누고 있었다. 파티션이 쳐진 옆쪽 공간에서는 직원들이 업무를 보는 중이다.

신주영은 체구가 작고 눈매가 날카로운 참모형 사람이었다. 그도 한국당 출신 국회의원이며 이 바닥에서 잔뼈가 굵었다.

윤우가 고개를 슬쩍 숙였다.

"늦어서 죄송합니다. 강의 마무리를 좀 해야 해서요."

"신 위원장이 자네 오기만을 목 빠지게 기다리고 있었어. 마무리는 잘 했나?"

"어떤 남학생이 제가 보수주의자였냐고 묻더군요."

"뭐? 하하하. 그것 참 골치 아픈 학생이로군. 그래서 뭐라고 답했나?"

"정치적인 신념이 아니라 미래를 보고 후보님을 선택했다고 했습니다."

"잘했네."

윤보현 후보는 고개를 크게 끄덕였다. 기분이 좋아 보였다. 그럴 만도 한 게, 설문조사에서 제1야당 후보인 장영훈 후보를 꽤 큰 차이로 앞서고 있었다.

윤우와 슬아가 자리에 앉았다. 곧 신주영 위원장이 진지하게 본론으로 들어갔다.

"내일 기자회견이 잡혔습니다. 개략적인 국정 운영 계획과 공약 등을 발표할 겁니다."

"내일이요?"

윤우가 묻자 신주영 위원장이 시선을 윤우 쪽으로 돌렸다.

"그래. 듣기로 장영훈 후보도 내일 기자회견을 한다고 하더군. 손을 좀 써서 우리부터 하기로 했어. 어때, 준비엔 문제가 없겠나?"

어떻게 손을 썼는지는 궁금하지 않았다. 오로지 내일 예정된 기자회견장의 모습이 떠오를 뿐이다.

'내일이라면 시간이 꽤 촉박한데? 대본 준비도 철저히 해야 하고…….'

잠시 생각한 윤우는 자신 있게 고개를 끄덕였다. 어차피 선택의 여지는 없었다.

"할 수 있게 해봐야죠. 자료는 준비됐습니까?"

"요약본은 준비해 놨어. 디테일한 건 지금부터 후보님과 같이 이야기를 나눠 보도록 하지. 핵심만 짚고 나가면 돼. 어차피 본격적인 싸움은 다음 달부터 시작될 테니까."

"알겠습니다."

그렇게 네 사람이 머리를 맞대고 회의를 시작했다. 대권을 향한 본격적인 행보가 시작되었다.

◈

족히 백 명 이상 되는 기자들이 회견장에 몰려들었다. KBC, MBS, SBC등 주요 공중파 방송사의 카메라도 생방송 준비를 마친 상태였다.

오늘은 윤보현 후보의 대선 출마사가 발표되는 날. 그는 유력한 당선 후보였기에 이름만 들어도 아는 외신들이 취재를 나왔다.

출마사는 윤우가 직접 준비했다.

이 부분에서도 윤우는 전생의 도움을 받았다. 대통령에 당선된 출마자의 인터뷰에서 많은 부분을 인용해왔다.

물론 이번 생애에서는 다른 미래, 즉 다른 사람이 대통령으로 당선되었기 때문에 가능한 일이었다.

드디어 윤보현 후보가 단상에 올랐다.

수십 개의 플래시가 연달아 터져 사방을 환하게 만들었다. 곧 그가 마이크 앞에서 담화를 시작했다.

"존경하는 국민 여러분. 제 뜻을 밝히기 전에 먼저 반성부터 할까 합니다. 부끄럽게도 우리나라는 지금까지 각종 불합리와 비리에 시달려 왔습니다. 권력에 줄서지 않으면 성공할 수 없는 사회라는 낙인이 찍혔습니다. 이 자리를 빌어, 강자가 부당하게 약자를 짓밟고 있어도 모른 척 고개를 돌려야 했던 과거를 반성합니다. 한국당의 총재로서 책임을 통감합니다."

의미심장한 발언이었다.

기자들이 흥미로운 눈빛으로 그의 진솔한 고백을 속보로 내보내기 시작했다. 곁에서 그를 지켜보던 윤우와 슬아의 표정은 담담했다.

모든 것이 계획대로 진행되고 있었다.

훌륭한 역사란 자기반성에서 시작되는 법이다. 독일이 대표적인 예다. 잘못된 과거를 꾸준히 사죄하는 것. 그리고 똑같은 실수를 되풀이하지 않도록 힘쓰는 것. 그것이 나라를 올바르게 만드는 초석이 되는 것이다.

이처럼 윤보현 후보의 선거 캠프는 여러 나라의 역사에서 영감을 얻어 선거 계획을 세웠다. 물론 그 중심엔 풍부한 인문학적 식견을 가지고 있는 윤우가 있었다.

"사람들은 말합니다. 계란으로 바위치기다. 물 흐르는 대로 눈치 보면서 살아라. 저는 이것이 과연 옳은 말일까 여러 날 고민을 거듭했습니다. 그리고 하나의 결론을 얻을 수 있었습니다. 우리 사회는 바뀌어야 한다고."

윤보현 총재의 표정에 자신감이 실렸다. 그의 연설은 묵직한 어조로 계속되었다.

"반성과 교훈이 있어야 우리 젊은이들이 떳떳하게 목소리를 낼 수 있고, 불의에 맞설 수 있는 새로운 역사를 창출해 낼 수 있을 겁니다. 저는 선두에 서서 국민 여러분들을 위해 그 짐을 짊어지겠습니다. 이것이 대선에 출마하는 저의 각오입니다. 지켜봐 주십시오."

옆으로 나온 윤보현 후보가 직각으로 인사를 했다. 그것으로 연설이 끝났다. 윤우를 포함한 선거 캠프 직원들이 박수를 쳐 그를 응원했다.

이제 윤우 차례였다.

사회자의 소개가 시작되자 윤우가 준비한 자료를 들고 단상으로 올라갔다. 그리고 윤보현 후보의 정책 구상과 계획을 조리 있게 설명했다.

"다음으로 사학법 개정을 계획하고 있습니다. 갑작스러운 개혁을 추구하기보다는, 여론과 전문위원들의 의견을 수렴하여 단계적인 개혁을 추구할 계획입니다."

사학법과 관련한 정책을 설명하던 도중이었다.

그때 어떤 기자가 손을 들었다.

대변인 발표 중에 손을 드는 것은 대단히 이례적인 일이었다. 사회자도 당황했고, 윤우도 잠시 어찌해야 할지 고민을 해야 했다.

"죄송합니다만, 정책 발표 순서이기 때문에 따로 질문은 받지 않겠습니다."

사회자가 일단 그렇게 마무리를 하려 했다. 하지만 윤우는 생각이 달랐다.

꽤 중요한 순간이라고 생각했다. 선거 캠프의 사고방식

이 얼마나 유연한지를 증명할 수 있는 기회였다.

윤우는 윤보현 후보를 바라보았다. 곧 그가 고개를 끄덕였다. 모험을 할 만한 가치가 있었다. 무엇보다도 윤우의 순발력을 굳게 믿었다.

"괜찮습니다. 질문 받도록 하겠습니다. 먼저 소속과 성함을 말씀해 주시죠."

"고려신문 하동만 기자입니다. 사학법 개정에 대한 말씀을 해 주셨는데요. 김윤우 대변인께서는 최근 신화대학교에서 일어나고 있는 통폐합 문제에 깊게 개입하고 있는 것으로 알고 있습니다. 이건 윤보현 후보의 정책과 관련이 있는 겁니까? 대변인께서도 아시겠지만 몇몇 여당 의원들이 이에 대해 난색을 표했는데요."

예상대로 어려운 질문이었다.

최근 이슈가 되고 있는 신화대학교 학사분규와 윤보현 후보의 정책을 질문 하나로 꿰어 보려는 것이었다.

제대로 걸리기만 한다면 특종감이 될 것이다. 한국당의 내부 분열을 조장할 수 있으니까.

그러나 윤우는 그렇게 호락호락한 사람이 아니었다. 여유롭게 웃으며 질문에 대꾸했다.

"신화대학교와는 무관합니다. 대학 본부에 이의를 제기한 것은 제가 대선 캠프에 합류하기 이전의 일입니다. 본질은 같지만 형태는 전혀 다른 일입니다. 또한, 몇몇 여당 의원들의 의견은 존중합니다. 당파와 관계없이 자신의 주장을 펼칠 수 있는 것이 바로 민주주의 국가의 일면이니까요."

대답을 들은 윤보현 후보가 흡족히 웃었다. 그때 기자의 질문이 바로 이어졌다.

"그렇다면 대변인이 아니라 신화대 교수의 입장에서 그 문제를 어떻게 판단하십니까? 한 말씀 듣고 싶은데요."

"모두가 아니라고 합니다. 그렇다면 과연 그 일은 옳은 일일까요? 이것으로 충분히 대답이 되었다고 생각합니다."

윤우의 시선은 어느덧 생중계 카메라를 향하고 있었다. 마치 한준만 총장이 TV앞에 있는 것을 알기라도 하듯 말이다.

NEO MODERN FANTASY STORY

# 뉴라이프

# NEW LIFE

## Scene #86 스캔들

## Scene #86 스캔들

대선을 한 달여 남기고 후보자 여론조사가 실시되었다.

결과가 나오자 한국당은 축제 분위기에 휩싸였다. 지지율 45.6퍼센트. 제1야당의 장영훈 후보보다 무려 10.5퍼센트 높은 지지율을 차지했다.

과거를 반성하고 새로운 미래를 만들어 나가겠다는 모토가 유권자들에게 통한 것이다.

특별한 변수가 없다면 윤보현 후보는 대권을 차지할 것이다. 물론 방심은 금물. 선거를 얼마 남기지 않고 넘어진 후보들이 부지기수로 많았으니까.

"자, 오늘 여론조사 결과를 기념하며 회식이나 하러 가지. 당비가 아니라 내가 사겠네. 한우 어떤가? 이 근처에 좋은 집을 봐 뒀어. 입에서 살살 녹더군."

윤보현 후보가 기분 좋은 목소리로 제안했지만, 윤우가 먼저 일어서며 사죄했다.

"죄송합니다만 전 먼저 가보겠습니다. 들러야 할 곳이 있어서요."

"그래? 중요한 일이 아니면 다음으로 미루고 같이 가지 그러나. 오늘은 꽤 의미 있는 날이 될지도 모르는데."

"한 번 봐 주십시오. 다음엔 꼭 참여하겠습니다."

윤우가 강하게 나오자 윤보현 후보도 더는 잡지 못했다. 슬아가 어딜 가는 거냐고 은근히 물었지만, 윤우는 그저 웃어 보일 뿐이다.

당사에서 나온 윤우는 차를 몰고 경기도에 위치한 '메모리얼 파크' 로 향했다.

아직 노을이 뜨기는 이른 시간이었다. 윤우는 국화꽃 한 다발을 서광필의 봉안묘 앞에 놓았다. 그제야 추모하는 모양새가 좀 잡혔다.

기일은 좀 지났지만, 윤우는 오늘 그에게 꼭 인사를 해야겠다고 생각했다.

"지켜보고 계십니까? 이제 끝이 얼마 남지 않은 것 같습니다."

윤우가 한쪽 무릎을 꿇고 앉았다. 그리고 품에서 담배를 하나 꺼내 불을 붙여 국화꽃 옆에 놓았다.

많은 생각이 오갔다.

전생에서 서광필 교수를 처음 만났던 그날. 그리고 술을 마시며 논문에 대해 토론했던 순간들.

"그때는 많이 개기기도 했었는데요. 생각보다 선생님은 너그러운 사람이셨던 것 같습니다."

마지막으로 갑작스레 자신의 연구실에 찾아와 강의를 부탁하던 그 모습이 떠올랐다. 그리고 그는 훌쩍 세상을 떴다. 수십 년의 세월이 흘렀지만 그 무게만큼은 줄어들지 않았다.

윤우는 용서를 구할 생각은 없었다.

다만, 그것을 평생 마음에 묻어 새로운 세상을 만들기 위한 밑거름으로 삼을 거라고 다짐했다.

"끝이 나면 또 다른 시작이 펼쳐지겠죠. 세상사 다 그런 거 아니겠습니까. 새로워질 세상을 기대해 주세요. 물론, 그렇게 되기를 도와주시면 더 좋겠습니다."

윤우가 미련 없이 돌아서 그곳을 나갔다.

다음으로 윤우가 들른 곳은 신화대학교였다. 학교에 도착하니 오후 7시가 넘어 있었다.

윤우는 국문과 제2세미나실로 걸음을 옮겼다. 그곳은 윤우의 대학원 제자들이 사용하는 공간이었다.

끼릭—

혹시나 싶었는데 역시나 불이 켜져 있었다. 교내학회를

앞둔 시기라 그런지 다들 세미나실에 모여 있었다.

"왜 그렇게 인상들 쓰고 있어?"

"아, 선생님. 오셨어요?"

제자들이 일제히 기립해 인사했다. 다들 놀란 눈치였다. 선거 캠프 활동으로 바쁠 줄 알았던 그가 여기까지 올 줄은 몰랐던 것이다.

"저녁 메뉴를 못 정해서 심도 있는 토론을 하고 있었습니다."

거짓말이었다.

아마도 자신에 대한 이야기가 나왔을 것이다.

"그래? 마침 잘 됐네. 나도 출출하던 차인데. 삼겹살에 소주들 어때?"

"좋죠."

그렇게 윤우는 제자 네 명을 데리고 근처 단골 삼겹살집으로 자리를 옮겼다.

자리를 옮기면 좀 분위기가 나아지리라고 생각했는데 틀린 모양이다. 제자들은 입을 꾹 다문 채 테이블만 멍하니 바라보고 있다.

"왜들 아무 말도 없어? 초상집 분위기네. 오늘은 마음껏 먹고 마시자. 나 캠프 회식도 거절하고 온 거야. 그러니까 맛있는 거 많이 먹어야 돼."

"저, 선생님."

"왜?"

"역시 이번 학기가 끝나면 그만 두시는 거죠?"

"글쎄다."

대답을 피하는 것이 아니었다. 윤우도 어떻게 될지 장담을 할 수가 없었다.

"일단 뭐라도 좀 마시고 얘기하자. 이모! 여기 삼겹살 6인분에 소주 세 병 주세요. 맥주에 말아 마실 사람 있나? 그래. 맥주도 두 병 주시고."

곧 숯불 위에 고기가 올라갔다.

지글지글 잘 익었다. 윤우는 손수 고기를 뒤집으며 정치권 뒷이야기를 제자들에게 들려주었다.

하지만 영 반응이 신통치가 않다. 고기가 노릇하게 잘 구워졌는데도 아무도 젓가락질을 하지 않았다.

"뭐해? 먹지 않고."

"선생님 붙잡는 건 저희들의 이기심이겠죠?"

"나 참, 또 그 얘기야?"

윤우는 한숨을 내쉬었다. 어쩔 수 없이 이야기를 꺼내야 할 분위기다.

"얼마 전에 대학원장님 만나서 이야기를 했다. 외부지도교수제도를 도입해 달라고. 몇몇 대학에는 그런 제도가 있어서 지도교수가 도중에 학교를 옮기거나 그만 둬도 계속 지도를 받을 수가 있거든."

"정말요?"

"그럼 저희들 계속 선생님께 지도받을 수 있는 건가요?"

"아직 확정된 건 아니지만…… 대학원장님이 힘 좀 써 보겠다고 하셨으니 좋은 소식이 있겠지."

순식간에 분위기가 달라졌다.

그만큼 대학원생들에게 지도교수가 바뀐다는 것은 큰일이었다. 교수의 취향과 성향에 따라 논문의 주제가 완전히 바뀔 수도 있기 때문이다.

전생이라는 뼈아픈 경험이 있었기 때문에, 윤우는 학생들의 입장을 고려할 수 있었다. 학교를 떠나게 되더라도 그들을 끝까지 책임질 것이다.

"너희들의 지도교수가 아니라 남자로서 약속한다. 너희들 박사 딸 때까지 내가 가르칠 거야. 그러니까 앞으로도 계속 나 괴롭혀도 돼. 알겠어?"

"선생님……."

"좀 먹어라. 좀! 내가 이렇게 열심히 구웠는데 구경만 할 셈이냐?"

그제야 학생들이 젓가락을 들었다. 씨익 웃은 윤우가 잔을 들었다. 조금 밝아진 표정으로 학생들이 건배를 외쳤다.

◈

늦게까지 제자들과 술을 마시고 들어온 윤우는 늦잠을 잤다. 오늘은 토요일. 캠프에는 오후에 출근을 하면 되니 시간은 충분했다.

"여보."

그때 아내가 문을 열고 다급히 들어왔다. 그리고 윤우를 흔들어 깨우기 시작했다.

"여보, 여보? 일어나 봐요."

"으음…… 왜 그래? 벌써 오후야?"

윤우는 게슴츠레 눈을 뜨고 시계를 바라보았다. 오전 열 시. 아직 일어나기엔 이른 시간이었다.

"뉴스 좀 봐요. 큰일 났어요."

"큰일?"

순간 윤우가 눈을 부릅뜨더니 이불을 박차고 거실로 달려 나갔다.

이미 아내가 봤던 뉴스가 끝난 터라, 윤우는 채널을 다른 곳으로 돌렸다. 세 번째 돌린 채널에서 윤보현 후보의 사진이 송출되고 있었다.

– 윤보현 후보 진영에 빨간불이 켜졌습니다. 윤 후보가 혼외자식을 두었다는 의혹이 제기되고 있는데요. 처음 의혹을 제기한 김 모씨는 윤보현 후보를 상대로 친자확인소

송을 걸었습니다. 이준명 기자가 보도합니다.

"혼외자식?"

윤우의 표정이 급격히 굳어졌다.

윤보현 후보의 깨끗한 이미지에 치명타로 작용할 수 있는 스캔들이 터진 것이다.

윤우는 집중해서 뉴스를 확인했다. 법원의 입구가 클로즈업되며 관련 소식을 기자가 전달하기 시작했다.

"사실일까요? 윤 후보님 그렇게 안 봤는데."

윤우도 아내와 같은 심정이었다.

윤보현 후보는 학창 시절부터 지켜봐 온 사람이었다. 엄격한 면이 있지만 가정적인 남자였다. 그런 그가 혼외자식을 두었다니, 믿기지 않았다.

하지만 중요한 것은 사건의 진실이 아니다. 대선을 얼마 남겨두지 않은 시점에서 윤리적인 스캔들이 터졌다. 진화에 총력을 기울여야 할 때다.

"여보, 괜찮아요?"

"괜찮을 리가 있겠어? 이런 스캔들이 터지면 의혹을 해소한다고 해도 피해가 남게 돼. 왜 하필 이럴 때에……."

재빨리 침실로 돌아온 윤우는 휴대폰으로 윤보현 후보에게 전화를 걸었다.

– 전화기가 꺼져있어 음성사서함으로 연결됩니다.

뉴스의 후폭풍 때문인지 전화기가 꺼져 있었다.

윤우는 즉시 슬아의 휴대폰으로 전화를 걸었다. 역시나 이쪽도 전화기가 꺼져 있었다.

다음으로 선거 캠프에 전화를 걸었다. 하지만 계속 통화 중이라 연결이 되지 않았다. 스캔들 관련으로 문의전화가 빗발치고 있는 모양이었다.

윤우가 거실을 향해 외쳤다.

"여보, 나 지금 캠프에 나가봐야 할 것 같아. 미안한데 옷 좀 챙겨 줘!"

가연은 군말 없이 정장을 준비했다. 윤우는 대충 세수를 하고 나와 당사로 차를 몰았다. 엑셀을 밟는 그의 발이 초조하게 떨렸다.

◈

"거 밀지 좀 맙시다!"

"손 치워요 좀!"

한국당 당사, 다시 말해 윤보현 후보의 대선 캠프 앞에는 기자들이 장사진을 쳤다. 서로 뒤엉키며 취재 경쟁을 벌였는데, 당사 정문은 굳게 닫혀 있었다.

윤우는 어쩔 수 없이 뒷문으로 돌아갔다. 그런데 그곳에도 기자들이 진을 치고 있었다.

"김윤우 대변인이다!"

그때 어떤 기자가 윤우를 발견하고는 소리쳤다. 모든 기자들이 고개를 홱 돌렸다.

"이번 사건에 대해 어떻게 생각하십니까?"

"정말 윤보현 후보가 혼외자식을 두고 있는 겁니까?"

"한 말씀 부탁드립니다!"

기자들이 우르르 몰려들었다.

윤우는 밀리고 눌리는 와중에도 묵묵히 앞으로 헤쳐 나갔다. 기자들이 마이크를 들이 밀었지만, 윤우는 아무런 말도 하지 않았다.

지금은 자신의 견해를 밝히는 것보다 사실여부를 확인하는 게 우선이었다.

"지금 대답을 회피하시는 겁니까?"

"그 침묵을 사실이라고 받아들여도 되는 거지요?"

기자들의 비뚤어진 직업정신에 윤우는 어쩔 수 없이 계단 앞에서 몸을 돌려야 했다.

"아직까지 정확히 밝혀진 사항은 없습니다. 윤 후보님과 면담 후에 공식적인 입장을 밝히겠습니다. 그러니 섣부른 보도는 자제해 주세요. 부탁입니다."

윤우는 사람 좋게 말했지만, 불쾌함을 금할 수가 없었다. 분명 어딘가의 언론사에서 추측성 기사를 내보내 캠프에 피해를 줄 것이다.

그렇게 윤우는 힘겹게 당사 안으로 진입했다.

다섯 명의 경비원들이 문을 막고 있어 기자들은 출입하지 못했다.

"왜 연락을 하지 않았나?"

윤우가 당 직원에게 언성을 높였다. 자신이 늦잠을 자고 있었던 건 사실이지만, 직원이 전화로 알리지 않은 것도 큰 실수였다.

"죄송합니다. 워낙 경황이 없어서……."

"됐고, 윤 후보님은 안에 계시나?"

"지금 캠프 안에서 긴급회의 중이십니다."

윤우는 성큼성큼 걸어 선거 캠프 안으로 들어갔다.

윤보현 후보와 신주영 위원장, 그리고 캠프 수뇌부들이 한 자리에 모여 있었다. 그런데 캠프의 유일한 여성이었던 슬아는 보이지 않았다.

'아무래도 이런 스캔들이 터졌으니 충격이 좀 컸겠지.'

왠지 슬아의 입장이 이해가 되었다.

무남독녀로 부모의 사랑을 듬뿍 받고 자란 친구였다. 사실 여부를 떠나서 다른 형제가 있다는 스캔들이 터졌다면, 평정심을 갖기가 어려울 것이다.

어쩌면 윤보현 의원이 이곳으로 올 때 그 스캔들에 대한 사실여부를 미리 밝혔을 수도 있고.

아무튼 윤우는 고개를 숙여 인사하며 자리에 앉았다. 바로 윤보현 후보가 그에게 물었다.

"밖에 상황은 어떤가?"

"기자들이 쫙 깔렸습니다. 일단 면담 후에 공식적인 입장을 밝히겠다고 말은 해 뒀습니다만 각종 억측들이 난무할 겁니다. 언론 모니터링을 강화해서 추측성 기사를 막아야 합니다."

"그건 이미 지시를 내려놨네."

신주영 위원장이 대신 대답했다. 과연 잔뼈가 굵은 사람답게 대응이 빨랐다.

윤우가 신주영 위원장에게 물었다.

"한국당원들 반응은 어떻습니까?"

"최악이야. 믿었던 도끼에 발등을 찍혔다고 난리를 치고 있어. 경선에서 떨어진 최 의원을 주축으로 반대 세력이 모이고 있네."

"후보 교체론이 또다시 고개를 들겠군요."

"쉽지 않은 상황이야. 일단 수습을 하려고 여기저기 뛰어다니고 있네만."

신주영 위원장이 한숨을 내쉬었다. 그가 한숨을 내쉴 정도면 일이 그만큼 어렵다는 얘기다.

윤우가 윤보현 후보를 바라보며 말했다.

"일단 후보님. 개인적으로 면담을 좀 하고 싶은데요. 괜찮으시겠습니까?"

"그러지."

수뇌부는 대책회의를 계속했고, 윤우와 윤보현 후보만 따로 총재실로 자리를 옮겼다.

윤보현 후보는 착잡한 표정을 감추지 못했다. 정계에 발을 디딘 지 20년이 넘었다. 많은 사건이 있었지만 이번만큼 큰 스캔들은 없었다.

윤우가 진지하게 물었다.

“딱 한 가지만 묻고 싶습니다. 혼외자식을 두셨다는 게 사실입니까?”

이것이 진실이냐 아니냐에 따라 대응 방침이 달라질 것이다. 윤우는 뚫어져라 윤보현 후보의 눈을 살폈다. 과연 그가 진실을 말하고 있는지.

“부끄럽지만 사실이네.”

“그렇습니까.”

한 줄기 희망이 그렇게 사라져 버렸다.

‘어쩐지 일이 쉽게 풀린다고 했어.’

윤우는 침음을 흘렸다. 가장 좋은 경우의 수는 친자가 아니며, 상대방 진영의 모함으로 몰고 가는 것이었는데 이제는 그렇게 할 수가 없게 됐다.

윤보현 후보가 사건의 배경을 설명했다.

“사실 얼마 전부터 애 엄마가 큰돈을 요구해왔어. 지금까지 한 달에 생활비조로 2백만 원 씩 꼬박꼬박 챙겨줬네. 하지만 만족을 하지 못했던 모양이야. 내가 대선에 나가는 걸 알고 그것으로 협박을 한 셈이지."

"그분이 얼마나 요구했습니까?"

"3억."

확실히 큰돈이었다. 그것은 단순히 양육비로 보기에도 너무나 많은 돈이다.

하지만 상대는 확실히 알고 있었을 것이다. 대선에 출마한 윤보현 후보가 자신의 부탁을 거절하기 어려울 거라는 사실을.

숨겨둔 친자가 있다는 사실이 언론에 드러난다면 정말 치명적인 타격을 입을 테니까.

"마음고생이 많으셨겠네요."

"안 그래도 머리카락이 쉴 새 없이 빠지더군. 하지만 내가 저지른 일이니 달게 벌을 받아야겠지……."

윤보현 후보는 한숨을 내쉬었다. 체념한 듯한 표정이다.

소송이 걸렸으니 법적인 싸움을 벌여야 한다.

발뺌하며 시간을 끌어도 불리했다. 혼외자식은 자신과 슬아를 쏙 빼닮았다. 언론에 신상이 공개된다면 일이 걷잡을 수 없이 커지게 된다.

윤우는 생각에 잠겼다. 대변인이었지만, 윤우는 윤보현 후보의 최측근이자 참모였다. 이 위기를 어떻게든 넘겨야 한다.

만약 윤보현 후보가 대통령이 되지 못한다면 사학법 개정이라는 원대한 목표는 말 그대로 꿈으로 끝나게 될 가능성이 높다.

윤보현 후보가 자신이 생각한 바를 밝혔다.

"일단 재판을 최대한 지연시키는 게 좋지 않을까? 대선이 끝난 이후에 소송을 마무리하는 게 좋을 것 같은데. 자네 생각은?"

일반적이라면 그렇게 하는 게 좋았다.

언론에 굵직한 사건들을 터트려 대중의 시선을 다른 곳으로 돌리고, 상대 진영에 스캔들을 터트려 반격한다면 시간을 충분히 끌 수가 있다.

하지만 윤우의 생각은 달랐다. 지금은 우회로를 택할 때가 아니었다.

"얼마 전 발표한 공약에 가정복지에 관한 내용이 있었습니다. 후보님께서 어떻게 대처하느냐에 따라 공약의 진실성이 판별될 겁니다. 이번 일만큼은 정직하게 나가는 것이 좋을 겁니다."

"솔직하게 고백하자는 겐가?"

"지금으로서는 그게 최선의 방책인 것 같습니다."

"으음……."

윤보현 후보는 처음 출마사를 밝힐 때 과거를 반성한다고 말했다. 잘못을 인정하고 정직하게 받아들이는 것이 일관된 이미지를 줄 수 있다고 생각했다.

장고(長考)를 하던 윤보현 후보가 고개를 끄덕였다.

"그렇게 하지. 기자회견을 준비해야겠군. 자네가 원고를 좀 써 주겠나?"

"지금 바로 작업에 착수하겠습니다."

윤보현 후보가 자리에서 일어서려는 찰나, 윤우가 그에게 물었다.

"슬아도 이 사실을 알고 있습니까?"

"아직 확실히 대답은 하지 않았어. 충격이 클 것 같아서. 더 좋은 수가 없을까 고민하던 중이었네."

"고민이 길면 길수록 마음의 상처는 더 깊어질 겁니다. 지금이라도 늦지 않았으니 전화 한 통 해 보세요."

"해보긴 하겠지만, 안 받을 거네. 이미 몇 번 시도해 봤거든."

"문자라도 남기시는 게 좋겠습니다."

"알겠네."

슬아는 외강내유한 타입이다. 겉으로는 강해 보여도 이런 일에 쉽게 흔들린다.

씁쓸히 웃으며 총재실을 나가는 윤보현 후보. 윤우는 총재실 안에 걸려 있는 슬아의 가족사진을 물끄러미 바라보았다. 기분이 묘했다.

◈

윤보현 후보의 기자회견은 당일 오후에 바로 열렸다. 대한민국 모든 언론사가 모였다고 생각될 정도로 기자들이 많이 몰렸다.

정장을 잘 갖춰 입은 윤보현 후보가 단상에 올랐다. 윤우를 포함한 수뇌부들이 한쪽에 서서 걱정스러운 표정으로 지켜보았다.

드디어 윤보현 후보가 마이크 앞에 섰다. 그리고 입을 열었다.

"먼저 부끄러운 일로 논란을 일으켜 국민들께 진심으로 사과의 말씀을 드립니다."

윤보현 후보가 사죄하듯 고개를 숙였다.

찰칵— 찰칵찰칵—

취재 기자들이 셔터를 눌러 올해 최고의 스캔들로 기록될 순간을 빠짐없이 사진에 담았다. 한쪽에서는 방송용 카메라도 돌아가고 있다.

"뉴스에 보도된 혼외자식 이야기는 모두 사실입니다. 조금의 거짓도 없습니다."

기자회견장이 술렁였다.

기자들은 의외라는 표정이다. 몇몇 기자들은 타이핑하는 것도 잊은 채 단상을 바라보고 있다.

보통의 정치인이었다면 자신의 일신을 위해 극구 부인했을 것이다. 뇌물수수 정황이 드러나도 하늘에 한 점 부끄럼이 없다고 떳떳하게 말하는 시대였으니까.

의외라는 느낌은 지금 방송을 지켜보고 있는 시청자들도 마찬가지로 받았다. 비록 윤리적인 문제가 핵심이지만, 진솔하게 인정하는 모습이 나쁘지 않았다.

윤보현 후보가 계속 말했다.

"대통령 선거 후보로서, 그리고 한 가정의 가장으로서 책임을 통감합니다. 변명은 하지 않겠습니다. 그러나 얼마 남지 않은 선거에서 포기하지 않고 최선을 다할 것을 국민들께 약속드립니다."

그것으로 사과문이 모두 끝났다.

이후로 기자들의 질문이 시작되었다. 기자들은 소송을 제기한 김 모씨가 누구인지, 그리고 혼외자식이 어떤 사람인지 집중적으로 캐물었다.

"아이의 어머니와는 교육부장관 시절 만난 사이입니다. 딸아이는 현재 대학생입니다. 이 이상의 신상 공개는 어려운 점 양해 바랍니다."

"따님은 자신의 아버지가 윤 후보인 것을 알고 있나요?"

"알고 있습니다."

"가족들의 반응은 어떻습니까?"

"노코멘트 하겠습니다."

그리고 지금까지 한 달에 2백만 원씩 생활비와 양육비를 보냈다고 설명했다. 구체적인 증거자료를 제시해 기자들의 의혹을 깨끗이 털었다.

어느 정도 자리가 정리되자 윤우는 기자회견장을 나서 차에 올랐다. 그가 향한 곳은 슬아의 집이었다.

아파트 앞에도 기자들이 진을 치고 있었다. 몇 명 되지 않았지만, 윤우는 경비의 도움을 받아 그들을 물리치고 엘리베이터에 올랐다.

딩동—

벨을 눌러도 아무 대답이 없다. 하지만 윤우는 왠지 슬아가 집 안에 있을 것 같다고 생각했다. 소리 내어 그녀의 이름을 불렀다.

"윤 선생. 안에 있는 거 다 알아. 문 좀 열어 봐."

윤우의 예상은 적중했다. 그제야 문이 딸칵 열렸다.

하지만 안전고리가 걸려 있어 문이 완전히 열리지는 않았다. 한 뼘쯤 되는 틈 사이로 초췌한 슬아의 모습이 보였다.

눈 밑이 빨간 것을 보니 한바탕 울은 모양이다. 아마 그녀도 기자회견 생중계를 봤을 터. 아니면 윤보현 후보가 그 전에 연락을 했을지도 모른다.

윤우가 말했다.

"얘기 좀 하자."

"할 얘기 없어. 돌아가."

"윤슬아."

그러나 문이 세게 닫혔다. 윤우는 몇 번 더 그녀의 이름을 불러 보았지만 대꾸가 없었다.

윤우는 현관문 옆에 앉아 무작정 기다렸다. 이제 나이도 먹을 만큼 먹었고, 세상사에 무뎌질 만큼 시간이 흘렀다고 생각했는데 그녀는 아니었던 모양이다.

그렇게 한 시간이 지나자 문이 살짝 열렸다. 윤우는 복도에 앉은 채로 고개만 슥 내밀었다.

"문 안 열어 주면 계속 기다린다."

"……."

"옛날엔 그렇게 놀러오라고 노래를 부르더니, 이제 나이 먹었으니 됐다 이거냐?"

윤우의 농담에 문이 열렸다.

슬아는 윤우가 들어오든지 말든지 신경 쓰지 않고 자신의 방으로 들어갔다. 윤우는 냉장고에서 물을 한잔 따라 마시고 그녀의 방으로 향했다.

슬아는 이불을 뒤집어쓰고 침대에 누워 있다. 윤우는 피아노 의자에 걸터앉았다.

"어머니는 어디 가셨어?"

"좀 내버려 둬. 아무 것도 생각하고 싶지 않으니까."

"애처럼 왜 그러냐."

결혼을 하지 않아서 그런 걸까. 성숙하지 못한 슬아의 태도에 윤우는 쓴웃음을 지었다.

하긴, 지금 상황은 성숙과는 거리가 먼 것일지도 모른다. 평생을 함께 해 온 사람에게 배신당한 것과 마찬가지니까.

"돌이킬 수 없는 일이잖아. 앞으로의 일을 생각해야지. 너희 아버지……."

"그 사람 얘긴 꺼내지도 마!"

윤우는 입을 꾹 다물었다. 슬아가 이렇게 화를 내는 건 처음이었다.

이해한다는 말은 하지 않았다. 그 상황에 처해보지 않으면 이해할 수가 없는 일이니까. 난처한 표정으로 한참을 앉아있기만 했다.

"뭐, 내가 후보님을 감싸려고 하는 건 아니다. 잘못한 걸 용서하라는 것도 아니고. 네가 후보님을 아버지로 인정하고 말고의 문제는 네 자유지."

등을 돌린 채로 누워있던 슬아는 아무런 반응을 보이지 않았다. 숨을 쉬고 있는 건지조차 알 도리가 없었다.

"하지만 이대로 우리의 목표를 포기하는 건 조금 억울하잖아? 이제야 고지가 조금씩 보이는 것 같은데 말이다. 조금만, 조금만 더 가면 정상에 오를 수 있을 것 같은데."

여전히 대답은 없었다.

한때 엘리트주의에 사로잡혀 있던 슬아.

그녀는 한국대에서 신화대로 적을 옮기며 마음을 고쳐 먹었다. 그리고 학계를 바꾸고 싶다는 윤우와 합심했다.

사실 이번 선거 캠프에 합류한 것도 아버지를 돕는 것을 떠나서 그런 이유가 있었기에 가능했던 것이다.

"생각이 바뀌면 연락해라. 이만 간다."

윤우는 슬아의 집에서 나왔다.

차에 올라 어딘가로 전화를 걸었다. 기자회견 직전 윤보현 후보에게 받은 전화번호였다.

– 여보세요?

"안녕하세요. 김민지 씨 핸드폰이죠?"

– 맞는데요. 누구세요?

여자의 음성은 부드럽고 차분했다. 젊은 목소리였다.

전화를 받은 그녀는 다름 아닌 슬아의 이복동생이었다. 즉, 지금 뉴스에서 화제가 되고 있는 윤보현 후보의 혼외자식인 것이다.

"전 한국당 선거 캠프 대변인 김윤우라고 합니다. 신화대 국문과 교수이기도 하고요. 잠시 통화를 하고 싶은데요. 괜찮을까요?"

– 무슨 일 때문에 그러시는데요?

경계하는 목소리다. 윤우는 가벼이 웃으며 그녀의 긴장을 풀었다.

“아, 별일은 아닙니다. 인터뷰를 하려는 것은 아니고요. 민지 씨와 만나서 좀 이야기를 나누고 싶어서요. 몇 가지 여쭤보고 싶은 게 있어서 그럽니다. 부탁드릴 것도 있고.”

– 부탁이요?

“실은 윤보현 후보님 딸이 제 친한 친구입니다. 그러니까 민지 씨 언니 이야기인데요. 이번 일 때문에 충격이 큽니다. 물론 민지 씨도 좀 놀라셨겠죠? 그 일 때문에 뵈었으면 하는 겁니다. 뭐 합의나 이런 걸 부탁드리려고 하는 건 절대 아니니 오해하지 마시고요.”

– 그랬군요…….

하지만 더는 이야기가 없었다. 김민지도 고민에 빠져 있는 것이다. 과연 윤우를 만나는 것이 옳은지, 그렇지 않은지.

윤우가 다시 한 번 설득했다.

“민지 씨가 윤보현 후보님을 어떻게 생각하는지는 잘 모르겠습니다. 하지만 일이 이렇게 된 이상 보다 나은 미래를 만들어가야 하지 않을까요?”

– …….

“제가 도와드리고 싶습니다. 진심으로요.”

윤우가 힘주어 마무리했다.

전화기 너머로 나지막한 신음이 흘렀다. 고민이 길어졌고, 한참 후에 김민지가 답을 했다.

– 좋아요. 어디로 나가면 될까요?

“수유 쪽에 살고 계신 걸로 알고 있습니다. 괜찮으시면 대학로 쪽으로 나오세요. 위치는 지도로 찍어 드리죠.”

윤우는 김민지와 오늘 오후 네 시쯤에 만나기로 약속을 했다. 그리고 일단 집으로 돌아왔다. 아내가 걱정스러운 표정으로 윤우를 맞았다.

“어떻게 됐어요?”

“어떻게 되긴. 한바탕 난리가 났지. 당사 앞에 기자들이 쫙 깔렸어. 들어가느라 애 좀 먹었지. 근데 우리 집에까지 안 왔지? 기자들.”

“누가 찾아오진 않았어요.”

윤우는 고개를 끄덕였다. 간혹 직업정신이 투철한 기자들은 스캔들이 터진 인물의 주변 인물까지 조사를 하고 다닌다. 그게 염려되었던 것이다.

그래서 처음엔 정계 진출을 망설였다. 자신만 불편한 거라면 얼마든지 감수할 수 있는데, 아내와 딸들에게까지 피해를 끼친다면 곤란하니까.

윤우는 일단 옷을 갈아입고 거실에 앉아 TV를 켰다. 뉴스 채널마다 윤보현 후보의 스캔들을 다루고 있었다.

‘그래도 자극적인 보도는 없군. 다행이다.’

솔직하게 인정을 했기 때문에 의혹이 더 이상 커지지는 않았다.

하지만 문제는 지금부터 시작이었다. 과연 유권자들이

어떤 판단을 내리느냐 하는 문제. 물론 그 결과는 투표가 끝나야 아는 일이었다.

잠시 후 가연이가 과일을 내왔다. 그리고 윤우의 옆에 앉아 사과를 깎기 시작했다.

"오늘은 일찍 들어왔네요? 비상일 텐데 이렇게 여유 부리고 있어도 되는 거예요?"

"일단 기자회견을 했으니까 당분간은 조용히 있어야지. 말이 많으면 그만큼 실수가 늘어나는 법이거든. 그리고 이따 잠깐 누구 좀 만나러 나가야 돼."

"누구요?"

"윤 선생 동생."

"동생이라면……."

아내도 윤보현 후보의 기자회견을 생중계로 봤기 때문에 그 말이 뜻하는 것이 무엇인지 알고 있었다.

아내가 건네는 사과를 받아 입에 넣은 윤우가 말했다.

"아까 잠깐 윤 선생 만나고 왔는데 충격이 심해 보이더라. 내가 나서서라도 어떻게든 해결해 봐야지."

"그냥 혼자 정리하게 내버려 두는 게 낫지 않아요?"

"아마 그러면 평생 가도 해결이 안 될걸? 슬아 그 녀석, 은근히 이런 일에는 결단력이 없으니까."

"여보. 아무리 그래도 남의 가정사에는 끼어드는 거 아녜요."

“남의 가정사에서 끝났다면 나도 가만히 있었겠지. 하지만 대선이 걸린 일이야. 양쪽 모두 좋은 방향으로 일을 매듭지으면 서로 좋은 거 아니겠어?”

윤우도 마음이 착잡한 것은 마찬가지였다.

아내의 지적은 정확했다. 그것은 슬아의 집안 문제다. 부모가 이혼을 하든, 아니면 이복동생을 호적에 올리든 그것은 자신이 관여할 일이 아니다.

그래도 윤우는 가만히 지켜보고 있을 수가 없었다. 뭐라도 해야 했다. 평소 오지랖이 넓어서가 아니라, 어떻게든 이번 선거를 이겨야 했으니까.

물론 그중 가장 중요한 것은 슬아의 행복이었다. 인정하고 용서하는 것은 굉장히 괴로운 과정이 필요하다. 그러나 그 열매는 무엇보다도 달콤하다.

그때 첫째 딸 하은이가 거실로 나왔다. 윤우를 향해 생글 생글 웃는 것이 왠지 불안하다.

윤우는 애써 딸애의 시선을 피했다. 그쪽에 관심을 두지 않고, 리모콘을 조작해 TV의 볼륨을 높였다.

“아빠앙.”

콧소리가 들어갔다. 어쩔 수 없이 윤우는 하은이를 흘겨보았다.

“용돈 떨어졌냐?”

“헤헷. 5만원 만 주심 안 돼요?”

"이 녀석아. 왜 그렇게 돈을 많이 써? 한 달 용돈 40만 원으로 올려준 지 얼마 안 됐잖아."

윤우가 구박하자 하은이는 입술을 툭 내밀었다.

"데이트 하느라 그래. 남친한테 다 내라고 할 순 없잖아. 시대가 어떤 시댄데. 개념 없는 여친 되기는 싫어. 뭣보다 나도 내가 돈 벌어서 쓰고 싶은데 아빠가 알바는 못하게 하잖아."

그럴싸한 핑계에 윤우는 한숨을 내쉬었다. 수학을 전공하는 전형적인 이과생이었지만 자신을 닮아서 그런지 언변이 뛰어난 편이다.

"알았다. 당신 현금 좀 있어? 나 뽑아다 놓은 게 없는데."

"엄마 지갑에 있으니 꺼내 가렴."

"고맙습니당!"

쾌활하게 웃으며 안방으로 뛰어가는 딸애를 보며 윤우는 한숨을 내쉬었다. 철이 들려면 아직도 먼 것 같다.

NEO MODERN FANTASY STORY

# 뉴라이프

# NEW LIFE

## Scene #87 가족이란

오후 4시 30분, 윤우가 대학로에 위치한 카페 안으로 들어갔다. 엔틱한 소품들이 많은 조용한 곳이었다. 차분히 이야기를 나누기 좋았다.

주변을 두리번거리던 윤우는 대번에 김민지를 찾아냈다. 그녀는 창밖을 바라보며 커피를 홀짝이고 있었다.

“오래 기다리셨습니까? 차가 좀 막혔네요.”

“아뇨. 저도 지금 왔어요.”

“반갑습니다. 김윤우입니다.”

윤우는 속주머니에서 명함을 꺼내 김민지에게 주었다. 신화대학교 교수 명함이었다.

“전 아직 학생이라 명함은 없어요.”

"괜찮습니다. 앉으시죠."

그녀를 마주보니 윤우는 깜짝 놀랐다. 지적인 눈동자와 긴 흑발, 작은 입술이 슬아를 꼭 빼닮았다. 마치 쌍둥이가 아닐까 하는 착각이 들 정도였다.

김민지는 어색하게 웃으며 입을 가렸다.

"왜 그렇게 뚫어져라 보세요? 제 얼굴에 뭐라도 묻었나요?"

"아뇨. 그런 건 아닙니다. 언니와 정말 닮으셔서요."

"아. 슬아 언니요."

"슬아를 알고 계신가요?"

김민지는 잠시 생각하다 고개를 가로저었다.

"사진은 몇 번 본 적 있어요. 요즘은 TV에도 자주 나와서 보고 있고요. 하지만 만난 적은 한 번도 없어요."

"그렇군요."

그때 종업원이 다가왔다.

"주문하시겠습니까?"

이곳은 주문을 받아 음료를 가져다주는 카페였기 때문에 윤우는 시원한 아메리카노를 시켰다. 종업원이 물러가자 다시 이야기가 시작됐다.

"일단 일이 이렇게 되어서 송구스럽습니다. 혹시 언론에서 취재를 요청하거나 그런 일은 없었습니까?"

"아직은 없어요. 그런데 엄마가 조만간 그렇게 될 수 있을 거라고 했어요."

김민지의 표정이 어두워졌다. 별로 반기는 듯한 눈치는 아니었다.

"아버지에 대한 원망이 크시겠군요."

"아뇨. 딱히 그렇진 않아요."

"그래요? 의외로군요."

김민지가 살짝 웃었다.

그 미소를 통해 윤우는 알 수 있었다. 윤보현 의원이 김민지와 그녀의 어머니에게 모질게 굴지는 않았다는 것을.

"아버지는 자상한 분이세요. 생일날 꼬박꼬박 선물도 사다 주시고. 겉으로 보기엔 엄격하신 것 같은데 좋은 분이죠."

"맞습니다. 저도 개인적으로 존경하는 분입니다. 도움을 여러 번 받았었지요. 그래서 이번에 대선행을 돕고 있는 겁니다."

윤우가 계속 공감하는 화법을 구사하자 김민지의 마음도 천천히 열리기 시작했다. 경계하는 눈빛이 처음보다 많이 누그러졌다.

"처음엔 잘 될 거라고 생각했는데, 이젠 좀 어렵게 됐죠? TV나 인터넷에 온통 아버지 얘기뿐이라. 실은 어머니랑 아버지 사이가 안 좋으시거든요. 저번에…… 전화로 크게 싸우신 것 같았어요."

사이가 좋았다면 이렇게 일이 커지지도 않았겠지.

아쉬운 부분이었다. 하지만 사람과 사람 사이에 일어나는 감정적인 일은 아무리 윤우라고 해도 어쩔 수 없는 일이다. 감내하는 수밖에.

“어려워진 건 사실입니다. 하지만 민지 씨도 개인적으로 많이 힘드셨을 것 같은데. 상처 많이 받으셨지요?”

의외로 김민지는 고개를 가로저었다.

“사실 좀 놀랐어요. 기쁘다고 해야 할까…… 전 아버지가 이렇게 떳떳하게 제 존재를 인정해 주실 줄은 몰랐거든요.”

“그렇군요.”

“솔직히 말해 전 잘 됐다고 생각하고 있어요. 이제 아버지를 아버지라고 불러도 되는 거잖아요?”

김민지의 표정이 환해졌다.

그녀는 올해로 스물넷이었다. 그런데도 생각하는 게 꽤 어른스러웠다. 윤우는 어쩌면 이야기가 잘 풀릴 수도 있겠다고 생각했다.

“그렇다면 민지 씨 언니도 한번 만나고 싶겠네요? 제 친구 슬아 말입니다.”

김민지는 대답을 살짝 고민했지만, 고민은 길지 않았다.

“만나고 싶어요. 하지만 절 싫어하시지 않을까요? 전 흔히들 말하는 첩의 자식이잖아요. 나이 차도 많이 나고. 언니라기보다는 이모 같아서.”

"하하하. 면전에 이모 같다고 말하면 크게 혼날 겁니다. 꽤 무서운 친구거든요. 민지 씨와 외모는 닮긴 했지만, 냉정한 친구라서요."

생긋 웃은 김민지는 두 손으로 머그잔을 쥐며 커피를 마셨다. 윤우도 잠시 말을 멈추고 창밖을 바라보며 커피를 비워 나갔다.

잠시 후 윤우가 말했다.

"아마 슬아도 민지 씨를 만나고 싶어 할 겁니다. 대선도 대선이지만, 친한 친구로서 녀석을 도와주고 싶어요. 겉으로는 세 보여도 속은 여린 친구라서. 이 기회에 제가 다리가 되어 드리겠습니다."

"고맙습니다. 이렇게 신경 써 주셔서. 그럼 언니랑 언제쯤 만날 수 있을까요?"

"약속을 잡고 다시 연락을 드리겠습니다."

슬아를 설득하는 것은 대단히 어려울 것이다. 그래도 윤우는 확신을 담아 말했다.

윤우가 바쁘게 움직이기 시작했다. 윤우는 슬아와 김민지의 만남을 주선하고, 그 두 사람을 진짜 자매로 만들 생각이었다.

다시 말해 잘못된 과거를 반성하고, 그것을 뉘우치며 건강한 가족으로 복귀한다는 한 편의 단막극을 구상한 것이다.

일단 윤우는 슬아의 어머니를 설득하는 것에 성공했다. 이혼 소송을 준비하던 그녀는 대의를 앞세운 윤우의 설득에 일단 용서를 하기로 했다.

그때 윤우는 딱 한마디만 했다. 영부인의 아량을 보여 달라고. 그 한마디는 말 그대로 마법의 주문이 되었다.

아무튼, 윤우는 이 일련의 과정을 언론에 공개해 부정적인 여론을 잠재울 생각이었다. 언론을 이용하는 것은 윤우의 주특기였으니 자신 있었다.

하지만 마지막 과정은 쉽지 않았다. 그 계획을 들은 슬아가 단호하게 이렇게 말했던 것.

"너 미쳤니?"

"윤 선생. 그래도 미쳤다는 말은 좀 너무한 거 아냐? 기껏 너 생각해서 이렇게 애를 쓰고 있는 건데."

두 사람은 한국당 당사와 좀 멀리 떨어져 있는 카페에 나와 있었다. 기자들이 여전히 당사 주변을 돌아다니고 있었기 때문이다.

슬아는 윤보현 후보가 기자회견을 한 뒤 정확히 일주일 만에 집에서 나왔다. 끈질긴 설득이 없었다면 아마 두문불출했을 것이다.

"나는 그 여자 내 동생으로 인정해 줄 생각 없어. 어머니는 어떻게 설득했는지 모르겠지만, 그만 둬. 내 생각은 변함이 없을 거니까."

"답답하네. 잘 생각해 봐. 내가 단순히 너희 아버지 대통령 만들고 싶어서 이러는 줄 알아?"

"그게 아니면 뭔데? 그 사람이 대통령이 돼야지 네가 요직 하나 잡을 거고, 그래야 사학법 개정할 거잖아? 한준만 총장이 저러는 거 냅둘 거니?"

슬아의 어조는 거칠고 차가웠다.

윤우는 한숨을 내쉬며 고개를 돌렸다. 슬아는 지금 냉정하게 말하고 있는 것처럼 보이지만 마음은 그렇지 않았다. 감정적인 판단이 앞서고 있다.

다시 슬아를 바라보며 윤우가 말했다. 손짓을 동원해 강하게 설득했다.

"예전에도 말했잖아. 난 네가 잘 됐으면 좋겠다고. 그 이상도 이하도 아니야. 윤 후보님을 용서해 달라는 거 아니다. 오해하지 마. 다만 좀 더 나은 미래가 있고, 난 그걸 보여주고 싶을 뿐이야."

"이상론은 집어 치워. 나 간다."

슬아가 자리에서 일어서려 했다. 표정을 굳힌 윤우가 딱 한마디 했다.

"앉아. 내 얘기 아직 안 끝났다."

"……."

윤우의 강경한 태도에 슬아는 살짝 놀랐다. 한숨을 내쉰 그녀는 다시 자리에 앉았다.

그때 윤우가 손을 들었다. 마치 누군가를 이쪽으로 부르는 것처럼.

슬아는 무의식적으로 뒤로 고개를 돌렸다. 그리고는 흠칫 놀랐다. 그곳엔 자신과 꼭 닮은 어떤 젊은 여자가 서 있었기 때문이었다.

곧 그 젊은 여자가 테이블로 다가왔고, 윤우가 그녀를 슬아에게 소개해 주었다.

"인사 해. 네 동생인 민지 씨다."

"동생?"

슬아가 보기에도 확실히 닮았다. 풍기는 분위기는 많이 달랐지만, 마치 자신의 젊었던 시절을 보는 것 같은 느낌이 들었다.

김민지가 어색하게 웃으며 꾸벅 인사했다.

"아, 안녕하세요. 처음 뵈어요."

하지만 슬아는 대꾸 없이 김민지를 노려보기만 했다.

김민지는 그 기세에 눌려 고개를 숙여 시선을 피했다. 일단 윤우는 자신의 옆자리로 앉을 것을 권했다.

드디어 두 자매가 마주했다. 윤우는 나서지 않고 슬아가 잠시 생각을 정리할 수 있도록 시간을 주었다.

슬아의 표정이 점점 복잡해졌다.

당혹감이 가장 먼저였고, 놀라움과 두려움이 지나자 어렴풋한 분노가 느껴졌다. 복잡하다는 말 이외에는 형용할 수 없는 그런 표정이었다.

윤우는 슬아가 그렇게 다양한 표정을 지을 수 있다는 것을 지금 처음 알았다.

"죄송해요."

갑자기 김민지가 사과했다. 슬아의 눈꼬리가 파르르 떨리더니 입이 열렸다.

"뭐가 죄송한데?"

"아무래도 이 자리에 나오는 게 아니었는데…… 제가 주제넘은 짓을 한 것 같아서요. 많이 불편하시죠? 제가 생각이 짧았어요. 죄송해요."

도대체 왜 죄송하다고 하는 걸까. 잘못은 자신의 아버지가 저지른 것인데.

그런 생각이 들자 슬아의 입에서 한숨이 흘러나왔다.

눈앞의 이 아이는 예쁘고 성실하게 자랐다. 다만 하나의 흠결이 있다면, 아버지를 잘못 만났던 것일 뿐.

문득 자신을 설득하며 했던 윤우의 말이 떠올랐다. 그는 이렇게 말했다.

– 오히려 제일 억울한 건 민지일지도 모른다고. 그 친구

를 미워할 이유는 조금도 없다. 인간에겐 태어날 때 부모를 선택할 권리가 없잖아?

이성적으로는 윤우의 말이 맞다고 생각했다. 이것은 아버지의 잘못이지 민지의 잘못은 아니다.

하지만 감정은 그것을 용납하지 못했다.

생각하면 생각할수록 화가 나고 답답했다. 왜 자신에게 이런 드라마 같은 일이 일어나는지 이해할 수가 없었다.

그때 김민지가 벌떡 일어섰다.

"저, 안 되겠어요. 이만 가볼게요. 죄송합니다."

"민지 씨!"

윤우가 말릴 새도 없이 김민지가 뛰어 나갔다. 그런데 그녀가 갑자기 우뚝 멈췄다.

뭔가에 잡아당겨졌다. 깜짝 놀란 김민지가 자신의 왼손으로 시선을 옮겼다. 작고 하얀 손이 자신의 손목을 쥐고 있었다.

그것은 슬아의 손이었다.

"앉아."

"언니……."

슬아가 눈을 한 번 깜빡였다. 어느새 그녀의 두 눈에 눈물이 흐르고 있었다.

◈

"오셨어요?"

교복을 입은 둘째 시은이가 마중을 나왔다. 저녁을 먹고 있었는지 입가에 밥풀이 하나 붙어 있다.

윤우는 밥풀을 떼 주고는 안방으로 향했다.

"저, 아빠."

시은이가 안방으로 따라 들어왔다. 윤우는 무슨 일이냐며 딸을 바라보았다.

"슬아 이모, 괜찮아요? 요즘 통 연락이 안 돼서요."

시은이는 어려서부터 슬아를 잘 따랐다. 친이모처럼 말이다. 그래서 이번 윤보현 후보의 스캔들이 신경 쓰이는 모양이다.

윤우는 겉옷을 벗어 장롱 안에 걸어두며 말했다.

"괜찮다. 너무 걱정하지 마라. 대한민국의 아줌마는 그렇게 쉽게 무너지지 않아."

"아줌마라니, 너무해요."

피식 웃으며 윤우가 물었다.

"그런데 너희 엄마는 어디 갔어?"

"잠깐 옆집 아줌마네 가셨어요. 참, 아빠 저녁 드셔야하죠? 제가 준비할게요."

"아니, 대충 먹고 들어왔다. 곧 학원 갈 시간이겠구나.

설거지는 아빠가 할 테니 그대로 두고 가."

"네에."

대강 씻고 소파에 앉은 윤우는 TV를 켰다. 집에 와서 가장 먼저 하는 일은 언론들의 동향을 살피는 것이다. 때마침 뉴스에서 지지율이 나오고 있었다.

윤보현 의원이 10퍼센트 이상으로 앞서고 있었는데, 이제는 5퍼센트 뒤쳐진 결과가 나왔다. 경쟁 상대인 장영훈 후보의 상승세가 심상치 않았다.

'그래도 다행이다. 이 정도 수준을 유지하면 역전의 기회는 얼마든지 올 거야.'

그때 현관문이 열리더니 가연이가 안으로 들어왔다. 먹을 것을 얻어왔는지 손에 천으로 덮인 그릇이 들려 있다. 구수한 냄새가 솔솔 풍겼다.

"그거 뭐야? 맛있는 냄새 나는데."

"빈대떡 좀 얻어 왔어요. 저녁 안 먹었어요?"

"아니. 먹고 왔는데 그냥 안 먹은 걸로 쳐야겠다."

싱긋 웃은 아내는 주방에서 양념장을 만들어 빈대떡과 함께 내왔다. 노릇노릇한 게 정말 잘 익은 것 같았다. 윤우는 지체 없이 젓가락을 들었다.

"오, 끝내주는데? 당신, 옆집에 자주 가서 좀 배워 와. 얻어 와도 되고. 민철이네 엄마가 한 거지?"

"맞아요. 맥주라도 사올까요?"

"됐어. 늦었는데 술은 무슨."

"좀 천천히 먹어요. 체하겠네. 그런데 윤 선생 만난 건 어떻게 됐어요?"

"당연히 잘됐지."

"정말요? 다행이네요."

"아직 좀 사이가 어색하긴 하지만 금방 좋아질 거야. 슬아 녀석, 평소에 동생 갖고 싶어 했다고 하더라고."

"그랬어요? 처음 듣는 얘기네요."

"나도 얼마 전에 들은 이야기야. 당신 시누이가 스캔들 터지고 나서 얘기해 주더라. 어쩌면 잘된 일일지도 모른다고. 안 그랬으면 내가 이렇게 나서지 않았지."

먼 옛날, 대학생 시절 슬아는 예린에게 영어 과외를 해준 적이 있었다. 그때 지나가는 말로 '너 같은 동생이 있으면 참 좋겠다' 라는 소리를 종종 했다고 한다.

윤우를 만나기 이전까지는 공부만 할 줄 알았던 슬아. 외로운 인생이었다. 형제도 없었고, 부모는 늘 바빠 집을 비우기 일쑤였다. 정을 나눌 상대가 필요했다.

그것은 나이가 들어도 마찬가지였다. 결혼을 하지 않은 데다가 이제는 나이도 먹을 만큼 먹었기 때문에 심리적으로 많이 외로운 시기였다.

시작은 바람직하지 못했지만, 적어도 두 사람만큼은 서로를 이해할 수 있을 거라고 생각했다. 슬아와 민지 모두 이번 사건의 피해자였으니까.

띠링—

윤우의 휴대폰이 한 번 울었다. 윤우는 젓가락을 내려놓고 소파에 올려둔 휴대폰을 집어 메시지를 확인했다.

"왜 그렇게 웃어요? 숨겨둔 애인한테서 문자라도 온 사람처럼."

"애인보다 더 반가운 문자가 왔어."

윤우가 문자를 보여주었다. 곧 아내도 환하게 웃었다. 그 문자엔 '고마워' 라는 짧은 말 한마디가 적혀 있었다. 슬아에게 온 문자였다.

월요일이 시작되자마자 윤보현 후보 대선 캠프가 바쁘게 돌아갔다. 수뇌부들이 모여 지지율이 떨어진 것에 대한 대책을 모의했다.

"다행히 언론이 잠잠해지고 있습니다. 아무래도 사모님께서 공개적으로 용서를 해 주신 것이 컸습니다."

"반성과 화해라는 우리의 모토가 통한 것으로 분석됩니다."

참모들이 분석 결과를 하나씩 보고했다. 자료로 제시된 신문에는 슬아와 민지가 서로 팔짱을 끼고 다정히 걷는 사진이 실려 있었다.

그것은 명인일보에서 밀착 취재한 기사였는데, 윤우가 기획한 기사이기도 했다. 슬아의 용서를 끝으로 이번 스캔들은 마무리되었다.

윤보현 후보는 가족사진을 다시 찍었다. 그리고 민지를 호적에 올리겠다고 선언했다. 언젠가 윤우가 말했던, '인간은 태어날 때 부모를 선택할 권리가 없다' 는 점을 들어서 말이다.

그 말은 많은 유권자들의 공감을 얻어냈고, 결국 소송을 걸어 한몫 크게 잡으려던 민지의 생모만 낙동강 오리알이 되는 신세가 되었다.

윤보현 후보가 입을 열었다.

"내 치부를 가려주느라 김 대변인의 노고가 컸어. 진심으로 고맙다는 말을 하고 싶네."

"동감합니다. 김 대변인의 스토리텔링 전략이 없었더라면 이렇게 쉽게 넘어갈 순 없었을 겁니다. 확실히 국문과 출신이라 그런지 드라마처럼 잘 만들었습니다."

모두가 고개를 끄덕였다. 이렇게 사소한 것들이 하나씩 모여 한국당 내부에서 윤우의 입지가 굳건해지고 있었다.

윤우가 한마디 했다.

"윤 후보님께서 신속하게 결단을 내리지 않으셨다면 좋은 결과가 나오지 못했겠지요. 이번 일로 저도 배운 바가 많습니다."

"겸손하기는."

수뇌부 모두가 한숨을 돌렸다. 하지만 이렇게 쉬고 있을 때가 아니다. 결정적인 위기에서 벗어났으니 이제 다음 행보를 논의해야 했다.

"시급하게 해결해야 하는 문제는 떨어진 지지율을 다시 회복해야 한다는 거겠지요. 선거에서 이기지 못하면 아무것도 아니게 됩니다."

윤우의 말에 신주영 위원장이 한마디 덧붙였다.

"맞불 작전으로 가야 합니다. 장영훈 후보는 뒷선으로 지저분한 짓을 많이 한 사람이죠. 우리만 스캔들로 타격을 입을 순 없습니다."

잠시 고민하던 윤보현 의원이 되물었다.

"그럴 만한 명분이 있나?"

"이번 후보님 스캔들도 야당에서 모의한 거라는 소문이 돌고 있습니다. 제 생각도 그렇고요. 자고로 아니 땐 굴뚝에서 연기는 나지 않는 법. 우리도 손을 좀 쓴다면 장영훈의 약점을 찾아 공격할 수 있을 겁니다."

신주영 위원장이 목소리를 높여 주장했다. 윤우는 좋은 방법이 아니라고 생각했지만, 나머지 사람들은 그 제안에 찬성했다.

윤보현 후보가 탄식했다.

"네거티브 전략이라…… 나라가 또 시끄러워지겠군."

윤우의 생각도 그랬다. 길고 지루한 소모전이 될 게 분명했다.

어쩔 수 없이 윤보현 후보는 신주영 위원장의 제안을 받아들였다. 수뇌부는 즉시 장영훈 후보의 약점을 언론에 흘릴 준비를 했다.

"김 대변인은 잠깐 나 좀 보지."

"예, 후보님."

회동이 끝나고 윤우와 윤보현 후보가 총재실로 자리를 옮겼다.

"자네에게 갚을 수 없는 빚을 졌어. 내 이 은혜는 평생을 두고 잊지 않겠네."

"무슨 말씀을 그렇게 하십니까? 아닙니다. 제가 해야 할 일을 했을 뿐인데요."

윤보현 후보는 고개를 가로저었다.

"말은 바로 해야지. 자네가 아니었으면 해내지 못할 일이었어."

"그렇게 따지면 저도 후보님께 은혜를 많이 받았잖습니까. 그걸로 갚았다고 생각해 주세요. 그나저나 슬아는 요즘 어떻습니까?"

"뭐, 나쁘지 않아. 아직 나를 아버지라고 부르진 않네만, 내가 좀 더 노력하면 딸애도 언젠가는 날 용서해 주지 않을까 싶어. 조급하게 생각하지 않고 천천히 가기로 했네."

"잘 생각하셨습니다. 조만간 캠프에 복귀시키도록 하겠습니다. 일을 시작했다면 끝을 맺어야 하는 법이니까요."

"너무 강요는 하지 마. 아직 마음을 완전히 추스른 게 아니니까."

"알겠습니다."

그때 윤우의 휴대폰이 울렸다. 이준희 교수였다. 그녀가 지금 신화대 국문과 학과장직을 대리로 맡고 있었기 때문에 전화를 받아야했다.

"잠시 실례하겠습니다."

밖으로 나온 윤우가 전화를 받았다.

"예, 선생님. 무슨 일이십니까?"

– 큰일 났어요. 단식투쟁하던 학생회장, 지금 쓰러져서 병원에 실려 가는 중이에요.

"네? 그게 정말입니까?"

신화대학교의 학과통폐합 문제는 여전히 진행 중이었다. 결국 학생회장 명슬기가 삭발을 했고, 단식투쟁에 들어갔는데 일이 터진 것이다.

이준희 교수의 다급한 목소리가 계속 들려왔다.

– 다행히 앰뷸런스가 대기하고 있어서 응급처치는 바로 했어요. 제가 따라서 강서대학교병원으로 가는 중예요. 선

생님도 어서 와 주세요.

"알겠습니다. 지금 바로 그쪽으로 출발하죠."

윤우는 바로 당사를 나섰다. 그는 차에 시동을 걸며 평소 잘 알고 지내던 기자들에게 연락을 넣었다.

"특종입니다. 지금 바로 강서대학교병원으로 모이세요. 신화대에서 단식투쟁을 하던 학생이 쓰러졌습니다."

전화를 끊은 윤우는 거칠게 엑셀을 밟았다.

NEO MODERN FANTASY STORY

# 뉴라이프
# NEW LIFE

## Scene #88 반격의 서막

## Scene #88 반격의 서막

응급실로 달려온 윤우가 주변을 두리번거렸다. 응급실 내부가 넓어 간호사를 붙들고 침상 위치를 물었다. 곧 이준희 교수를 발견하고는 그쪽으로 달려갔다.

"괜찮아요?"

"예. 지금 수액 맞고 잠들었어요. 다행히 큰 문제는 없을 거라네요."

정말 다행이었다. 윤우는 한숨을 돌렸다.

하지만 곧 끓어 오를듯한 분노가 가슴에 차올랐다. 한준만 총장. 그는 총학생회와 교수협의회의 요구를 여전히 받아들이지 않고 있었다.

한준만 총장은 직원들을 회유하며 계속해서 언론플레이

를 했다. 말 그대로 유치한 수작질을 벌이고 있는 것이다.

"아무래도 담판을 지어야겠어요."

"어떻게요?"

"강민호 이사장에게 정식으로 항의를 해야겠습니다. 이번 일, 파장이 꽤 클 겁니다. 강태완 이사장님이 계실 때는 생각지도 못했던 일이에요. 학생이 쓰러졌습니다. 이게 말이 됩니까?"

이준희 교수는 침묵으로 그 말에 동의했다.

그때 응급실 한쪽이 소란스러워졌다. 정장을 입은 사람들이 몰려왔다. 그리고 그중엔 한준만 총장의 모습도 있었다.

학생이 쓰러졌다는 소식을 듣고 이쪽으로 달려온 것이다.

물론 학생의 상태가 걱정되어 온 것은 아니었다. 언론이 달려들기 전에 이 사실을 은폐할 생각으로 직접 찾아 온 것이다.

그를 발견한 윤우의 눈에 불꽃이 튀었다.

가까이 다가온 한준만 총장이 미소를 지으려던 찰나, 윤우가 두 손을 뻗어 그의 멱살을 쥐었다.

"커억!"

"이 새끼야. 언제까지 죄 없는 학생들 이렇게 말라 죽일 셈이야? 니가 그러고도 교육자야?"

모두의 눈이 휘둥그레졌다. 특히 이준희 교수는 입을 다물지 못했다.

"기, 김 선생! 켁! 켁켁! 이거 놓고 얘기해!"

"더러운 새끼!"

윤우는 한준만 총장을 확 밀쳤다. 푸짐한 그의 몸이 바닥을 뒹굴더니 벽에 쾅 부딪쳤다.

"총장님! 괜찮으십니까?"

"당신 뭐하는 짓이야!"

한준만 총장의 보좌관들이 윤우를 붙들고 에워쌌다. 윤우는 팔을 휘둘러 그들을 떨쳐내고 한준만 총장 앞에 섰다.

"왜 학내 구성원들의 말을 묵살하는 거야? 모두가 아니라고 하고 있어. 그런데도 추진하는 이유가 뭐야? 어디에서 얼마나 받아 쳐 먹은 거냐고!"

"김 선생님! 진정해요! 여기 병원이에요!"

이준희 교수가 팔을 붙들며 필사적으로 윤우를 말렸다. 총장에게 손을 댔으니 가벼운 징계로 끝나지 않을 것이다. 일을 더 크게 만들어서는 안 된다.

"비켜요."

윤우는 이준희 교수를 가볍게 밀쳐냈다.

"우리가 가만히 있으니 저놈들이 무시하는 겁니다. 오죽하면 학생의 대표가, 그것도 여학생이 삭발까지 하고 단식을 합니까?"

"그래, 그래. 알았어. 자알 알았네."

한준만 총장이 옷을 털고 일어섰다. 옷이 조금 더러워졌을 뿐 눈에 띄는 외상은 없었다.

"김 선생. 아무리 화가 났다고 해도 반말을 하면 곤란하지. 나잇살로 따져도 내가 한참 위인데 말이야. 아무튼, 할 말은 그게 끝인가?"

턱을 들고 거만하게 선 한준만 총장. 이상하게도 그의 얼굴엔 미소가 걸려 있다.

여유? 아니, 그것은 오만이다.

윤우는 한 번 심호흡을 하며 냉정을 되찾았다.

"할 말은 쌓이고 쌓였습니다. 하지만 다음으로 미루도록 하죠. 돌아가십쇼. 오늘은 학생 곁에서 조용히 간호할 생각이니까."

"그래? 뭐 그러지. 하지만 자네에게 다음으로 미룰 기회가 있으려나 모르겠는데? 하하하하!"

의미심장한 한마디였다.

다음으로 미룰 기회가 없다는 얘기는 확실하게 징계를 하겠다는 것과 다를 바 없었으니까.

"모두 돌아가지. 아이구, 이거 팔이 부러졌나? 욱신거리는구만."

"총장님. 치료를 받고 가시는 게 좋지 않겠습니까?"

"됐어. 다른 병원으로 가지. 여기에 있다가 또 멱살을 잡히면 큰일이니까. 하하하."

그렇게 한준만 총장은 직원들을 이끌고 응급실을 나갔다. 그제야 안이 조용해졌다.

이준희 교수는 절망적인 표정이었다. 반면 윤우는 속이 다 시원하다는 듯한 얼굴이다.

"김 선생님…… 이제 어쩌실 거예요?"

"어쩌긴요. 내일이나 모레쯤 상벌위원회에 끌려가겠지. 입이 근질근질한데요? 그 뒷방 늙은이들과 한판 할 생각을 하니까."

상벌위원회는 모든 교직원들의 포상과 징계를 결정하는 곳이다. 만약 이번 일로 그곳에 호출된다면 단순히 감봉에서 끝나지는 않을 것이다.

아무리 정치권 입문으로 먹고사는 문제가 해결됐다고 해도 윤우에게 있어 대학은 꿈의 무대였다. 자신의 이상을 실현할 수 있는 유일한 곳.

그곳에서 쫓겨나도 상관없단 말인가?

그렇게 자문했지만 이준희 교수는 답을 얻을 수 없었다. 너무 어려운 문제였다.

"총장은 분명 선생님한테 맞았다고 부풀려서 진술할 거예요. 아까 봤잖아요. 뼈가 부러진 것 같다고 엄살 피우는 거. 충분히 그러고도 남을 인간이니 할 말은 없지만……."

"부정할 생각은 없습니다. 뭐, 심해 봐야 파면밖에 더 되겠습니까."

'파면밖에' 가 아니다. 파면당하면 두 번 다시 신화대로 돌아올 수가 없게 된다.

게다가 윤우는 사립재단에 오래도록 밉보인 상황. 재취업이 어려울 수도 있었다.

"왜 그렇게 쉽게 말씀하시는 거예요!"

"쉿. 목소리 낮춰요. 그러다 슬기 깨겠습니다. 다른 환자도 있고요."

윤우는 이준희 교수의 어깨에 손을 올렸다. 타이르듯이.

"너무 마음 쓰지 마세요. 이번 일은 제가 알아서 할 테니까. 참고로 전 일부러 화를 낸 겁니다. 분을 못 참아서 멱살을 잡은 게 아니에요. 그렇게 연기한 것일 뿐이죠."

이준희 교수가 깜짝 놀랐다.

"그게 무슨 소리예요? 일부러 그러다니?"

"총장이 자충수(自充手)를 두게 만들 생각입니다. 살을 주고 뼈를 취한다는 말, 알죠?"

"그 말이야 당연히 알죠. 그런데 그게 왜요?"

"조만간 알게 될 겁니다. 선생님은 조용히 기다리고 계시면 됩니다."

이준희 교수는 고개를 갸웃했다. 도대체 무슨 속셈을 꾸미고 있는지 알 도리가 없었다.

◈

다음 날, 윤우를 징계하기 위한 상벌위원회가 열렸다.

사건이 터진 다음 날 바로 상벌위원회가 열린 것은 대단히 이례적인 일이었다. 그만큼 한준만 총장이 윤우를 호시탐탐 노리고 있었던 것이다.

그에게 이번 사건은 복권 당첨과도 같은 일이었다. 이제 제대로 명분을 잡았으니 윤우를 마음껏 징계할 수 있게 됐다.

마치 앓던 이가 빠진 듯한 쾌감.

그래서 그런지 회의실로 향하는 한준만 총장은 콧노래를 멈추지 않았다. 오랜만에 숙면을 취해 얼굴에 생기가 넘쳤다.

"아이구, 이거 좋은 아침입니다! 하하하."

한준만 총장이 기세 좋게 안으로 들어갔다.

열 명의 상벌위원회 위원들이 책상에 줄지어 앉아 있었다. 모두가 처장급 교수이거나 재단 이사들이었다.

그중에는 교수협의회 의장인 배용준 교수의 모습도 있었다. 교수들의 대표로 이번 심의에 참가한 것이다.

상석에 앉은 한준만 총장은 배용준 교수를 바라보며 흐뭇하게 웃었다.

"배 선생. 교수협의회 의장으로서 이번 사건에 대해 어떻게 생각하나?"

배용준 교수도 이미 사건의 전말을 알고 있었다. 신화대 교수들 중 어제 있었던 일을 모르는 사람은 별로 없었다. 그만큼 소문이 빨리 퍼졌다.

배용준 교수가 신중하게 답했다.

"김 선생의 말을 들어보기 전엔 판단할 수 없습니다. 그러기 위해 상벌위원회가 열린 거겠지요."

"뭐 들을 게 있어? 나를 밀쳐 다치게 한 건 분명한 사실인데. 이 깁스 안 보이나? 목격자가 수십 명은 된다고. 괜히 감싸려고 하다가 난처해지지 말고 일찌감치 마음 돌려."

한준만 총장은 반깁스를 한 자신의 왼팔을 두드리며 충고했다.

배용준 교수는 신음을 삼켰다. 사건의 경위는 이미 이준희 교수에게 확인한 후였다. 저 깁스가 연출이라고 해도 이번 사건은 명백한 윤우의 실수였다.

그때 문이 열리며 윤우가 안으로 들어왔다.

날카로운 눈빛이 일제히 윤우에게 쏟아졌다. 어디 한번 잘 걸렸다. 다들 이런 표정이다. 물론 배용준 교수를 제외하고 말이다.

"자리에 앉게."

교무처장 민병철이 명령조로 말했다.

윤우는 길게 늘어선 테이블 앞에 놓여 있는 의자에 앉았다. 한준만 총장이 조롱하듯 바라보았지만, 윤우는 시종일관 여유 있는 모습이었다.

그렇게 상벌위원회가 시작됐다. 진행은 민병철 교무처장이 맡았다.

"우선 사실 경위부터 듣겠습니다. 서기, 준비됐나?"

한쪽 구석에 있던 직원 두 명이 고개를 끄덕였다. 그리고 기록을 시작했다.

"김윤우 교수. 자네는 어제 강서대학교병원 응급실에서 총장님께 폭력을 사용했어. 전치 5주의 진단이 나왔지. 자네의 잘못을 인정하는가?"

"전치 5주요? 총장님께서 평소에 골다공증이라도 앓으셨나봅니다. 살짝 넘어진 것으로 전치 5주가 나오다니요. 진단서를 요구합니다."

"나는 자네의 잘못을 인정하냐고 물었네."

"총장님을 밀친 것이 잘못이라면 인정합니다. 하지만 그 전에 학생이 굶주려 쓰러지도록 방치한 총장님의 잘못도 물어야 하는 거 아닙니까? 누구를 위한 상벌위원회인지 모르겠군요."

순간 한준만 총장의 이마에 핏대가 솟았다. 하지만 곧 평정을 되찾고는 고개를 돌려 외면했다.

민병철 교무처장이 대신 답했다.

"그건 허가도 없이 단식투쟁을 한 학생의 잘못이지."

"세상에, 허가를 득해야 하는 단식투쟁도 있었군요. 처음 알았습니다."

"김윤우 선생!"

민병철 교무처장의 고함이 쩌렁쩌렁 울렸다. 하지만 윤우는 눈 하나 깜짝하지 않고 그와 시선을 마주했다.

"자네는 지금 자신의 처지가 어떤지 모르고 있는 건가? 이 위원회는 자네의 잘못을 가리기 위한 자리야. 얌전히 협조하는 게 신상에 좋을 걸세!"

"협조라."

씨익 웃은 윤우가 자리에서 일어섰다. 그의 돌발 행동에 위원들이 웅성거리기 시작했다.

"어차피 결과는 나와 있는 거 아니겠습니까? 마음대로 하십쇼. 하지만 신중히 판단하시는 게 좋을 겁니다. 이 상황에서 저를 징계하게 된다면 학생들이 가만히 있지 않을 테니까."

"뭐라?"

결국 분을 삭이지 못하고 한준만 총장이 벌떡 일어섰다. 민병철 교무처장이 그에게 눈짓을 하지 않았더라면 한준만 총장이 고함을 질렀을 것이다.

그 대신 민병철 교무처장의 경고가 날아왔다.

"그런 싸구려 협박은 통하지 않아. 학생들이 가만히 있지 않는다고? 불법 시위를 한다면 경찰력을 동원해서라도 막을 것이네."

"멋집니다. 박수를 보내고 싶네요. 그게 신화대의 교육 방침입니까?"

윤우의 일침에 회의실이 조용해졌다. 민병철 교무처장도 딱히 대꾸를 하지 못했다.

"저는 요즘 따라 강태완 이사장님의 모습이 자꾸 떠오릅니다. 여기 있는 분들도 다들 아시겠지요. 그때가 우리 대학의 황금기였다는 걸."

아무도 반박하지 못했다. 그것은 사실이었으니까.

그의 아들인 강민호가 이사장으로 취임하고, 신화대의 총장이 한준만으로 바뀌면서 학교가 쇠퇴의 길을 걷기 시작했다.

적립금은 매해 늘어났지만 대학평가와 인지도는 날이 갈수록 떨어지고 있었다. 재단의 전횡은 점점 심해져갔다. 모두가 병들었지만 아무도 아프다 하지 않았다.

윤우가 계속 말했다.

"강태완 이사장님께서 마지막으로 제게 부탁하셨습니다. 신화대를 잘 부탁한다고. 저는 이사장님의 빈소를 지키며 최선을 다하겠다고 약속을 드렸습니다. 하지만 애석하게도 그 약속을 지킬 수가 없을 것 같네요."

"고인을 모독하지 말게!"

"모독이요? 그건 제가 할 말 아닙니까?"

그렇게 대꾸한 윤우가 한준만 총장을 매섭게 노려보았다.

“고인에 대한 모독은 지금 당신들이 하고 있습니다. 가슴에 손을 얹고 곰곰이 생각해 보시죠. 하늘을 우러러 한 점 부끄럼이 없습니까?”

아무도 입을 열지 못했다. 대부분 다른 짓을 하거나 시선을 돌리기에 바빴다.

그 한심한 모습들에 윤우가 피식 웃었다.

“역시, 아무도 대답하지 못할 줄 알았습니다.”

“그만하지. 주제가 너무 엇나간 것 같은데. 서기. 지금 김 선생이 한 발언은 모두 삭제하도록 해.”

“예.”

민병철 교무처장이 헛기침을 하며 분위기를 환기시켰다. 곧 윤우를 노려보았다.

“다시 본론으로 돌아가지. 진지하게 묻겠네. 자네의 잘못을 인정하는가?”

“그건 당신들 스스로에게 물어 보시죠.”

윤우는 몸을 돌려 회의실을 나섰다. 뒤에서 한준만 총장이 무어라 소리쳤지만, 대꾸할 가치가 없는 말이었다.

그로부터 일주일 후 윤우의 징계가 확정되었다.

정직 6개월.

올해는 더 이상 강단에 설 수 없게 되었다. 일체의 교육 행위는 물론, 연구실에 출입할 수도 없는 중벌(重罰)이었다.

그 소식이 알려지자 학생들이 분개했다.

누가 봐도 학과통폐합을 강제로 진행하기 위한 행정 처분이었다. 이에 교수협의회와 총학생회에서 기자회견을 열어 유감을 표명했다.

물론 한준만 총장은 꿈쩍도 하지 않았다. 시위가 거세지든 말든 이대로 학과 통폐합을 강행할 분위기였다.

"젠장, 이제 너까지 나가면 우리 과 없어지는 건 시간문제겠는데? 가뜩이나 곧 방학 시작되는데 큰일이다."

승주가 착잡한 표정으로 중얼거렸다. 윤우는 연구실에서 짐을 싸며 그저 웃기만 한다. 중요한 책과 논문, 그리고 학생들과 찍은 사진이 들어있는 액자만 넣었다.

"이준희 선생님 말로는 네가 응급실에서 일부러 그랬다던데. 무슨 속셈이야? 정직 당하고 캠프 일에 집중하려고?"

"그럴 리가 있겠냐. 아무튼 생각보다 처벌이 솜방망이라서 놀랐다. 난 파면될 줄 알았거든."

"뭔 소리야. 한 번 툭 밀쳤다고 파면되는 게 말이 돼?"

"아무튼 나 없는 동안 이준희 선생 잘 도와 줘라. 여러모로 힘든 일이 많을 거다."

"아 나 진짜."

승주는 짜증을 내며 뒷머리를 긁적였다. 나이가 들어도 그 버릇은 여전했다. 윤우는 오랜 친구의 어깨를 다독여주고는 연구실을 나섰다.

윤우는 짐을 싼 상자를 조교에게 부탁하고 잠시 교무과에 들렀다. 그가 나타나자 직원들이 하나 둘 일어섰다. 다들 아쉬운 표정이었다.

"김 선생님. 이번 일은 유감이네요. 왠지 저희들이 죄송스럽습니다. 지켜드리지 못해서……."

"아닙니다. 잘못을 했으니 벌을 받아야지요."

"그래도 너무 과했어요. 6개월 정직은 인간적으로 좀 심했습니다."

"푹 쉬다 오라는 학교의 배려가 아닐까요? 이 기회에 여행도 다녀오고 해야겠습니다."

윤우는 농담을 건네며 아내를 바라보았다. 그녀는 쓴웃음을 짓고 있다. 가연은 교무과장으로서 나름대로 최선을 다해 보았지만 남편을 지켜주지 못했다.

윤우가 다정히 아내에게 말했다.

"위에서 괴롭히면 얘기 해. 당장 달려와서 한 번 더 확 밀쳐줄 테니까."

"됐어요. 그러다 오른팔까지 깁스를 하고 나타나면 어쩌려고 그래요? 내 일은 내가 알아서 할게요. 당신, 바로 집으로 돌아가요?”

“아니. 선거 캠프에 가 봐야지.”

“저녁은 들어와서 먹어요. 오늘 맛있는 거 해 놓을게요.”

“기대하고 있을게.”

학교를 나선 윤우는 바로 선거 캠프로 향했다. 몇몇 신문사와 인터뷰가 잡혀 있었다.

윤우의 정직 사건은 언론의 좋은 먹잇감이었다. 이번 사건은 여러 각도에서 조명이 가능했다. 학사분규로 볼 수도 있었고, 정치적인 의도로 해석할 수도 있었다.

무엇보다도 대선을 앞두고 윤보현 후보의 대변인으로 활약하고 있는 윤우를 징계했다는 것은 많은 의미를 내포하는 사건이었다.

‘이렇게 보기 좋게 걸려들 줄은 생각도 못했는데. 한준만이 후보님께 3억을 갖다 바쳤다고 했지? 미련한 놈. 돈 좀 아까울 거다.’

윤우는 씨익 웃으며 차에서 내려섰다.

당사에 들어서자 다섯 명의 기자들이 윤우를 기다리고 있었다.

윤우가 기자들을 만나고 나서 일주일 후, 신화대학교에

비상이 걸렸다. 평화롭던 총장실에 신화재단 이사들이 예고도 없이 들이닥친 것이다.

그중엔 강민호 이사장도 있었다. 분위기가 심상치 않게 돌아갔다.

"이게 사실입니까?"

"제정신이요? 대학의 수장이 대통령 후보를 이렇게 공개적으로 후원하다니!"

"뭐? 후원? 도대체 무슨 말씀들을 하시는 건지……."

한준만 총장은 눈을 비비며 자리에서 일어섰다. 아직 잠이 덜 깬 표정이었다.

"총장님은 뉴스도 안 보고 삽니까?"

이사진 중 한 명이 신문을 집어던졌다. 순간 한준만 총장은 뭔가 일이 잘못됐음을 직감했다. 이렇게 과격한 행동을 하는 사람이 아니었다.

곧 한준만 총장이 바닥에 떨어진 신문을 주워 기사를 살펴보았다.

"아, 아니 이게 무슨!"

한준만 총장의 두 눈이 휘둥그레졌다.

신화대학교가 윤보현 대선 후보를 후원한다는, 대단히 원색적인 기사가 실려 있었던 것이다.

일부 교수들이 특정 후보를 지지한 일은 있었지만, 대학이 이렇게 공개적으로 대선 후보를 후원하고 나선 것은 전

무후무한 일이었다. 잘못되었을 경우 후폭풍을 감당할 수가 없게 된다.

물론 이것은 한준만 총장이 의도한 바가 아니었다.

그는 분명 윤보현 후보에게 후원 여부에 대해서는 비공개로 해달라고 요청을 했다. 그것도 개인적인 후원이라고 선을 분명히 그었다.

"이게…… 도대체 무슨 일인지 모르겠네. 이럴 리가 없는데?"

"아직 잠이 덜 깨신 거요? 정신 차리고 그 기사 똑똑히 보시오."

한준만 총장이 다시 두 눈에 힘을 주었다.

한 가지 다행인 점은 언론에 공개된 후원 액수가 제각각이었다는 점이다. 5천만 원이라고 밝힌 언론사도 있었고, 2억 5천이라는 비교적 정확한 액수를 추정한 곳도 있었다.

실제로 한준만 총장이 윤보현 의원에게 투자한 돈은 총 3억 원이었다.

큰 액수는 아니었다. 기업인은 물론 연예계 종사자들은 그 이상의 금액을 후보들에게 후원하곤 한다. 말 그대로 확률 높은 복권과 다를 바 없었으니 말이다.

다만 문제는 후원 사실이 양지에 드러났다는 것.

맨 앞에 있던 나이 많은 이사가 신문을 손으로 흔들었다. 그의 손에는 다른 신문사에서 간행한 신문이 들려 있었다.

"이렇게 많은 언론사들이 기사를 써대고 있는데 사실이 아니라고 할 거요?"

"온 세상에 소문이 다 퍼졌습니다. 대학에서 돈을 대준 거 아니냐고 다들 난리에요. 쪽팔려서 얼굴을 들고 다닐 수가 없습니다. 이 사태를 어쩔 셈입니까?"

"책임을 지셔야지."

일이 엇나간 것도 짜증나는 일인데 이사들이 계속 몰아붙이니 한준만 총장도 성질을 냈다.

"거 참 너무들 하시네. 좀 진정들 하세요! 사람이라면 모름지기 실수를 할 때도 있는 법이지요. 그리고 이건 학교 차원에서 후원을 한 게 아닙니다. 내 개인적으로 한 거지."

"허! 그걸 지금 변명이라고 내뱉는 거요?"

"그럼 김윤우 교수도 실수라 치고 용서를 해 주지 그랬습니까?"

이사 중 하나가 윤우를 언급하자 실내의 공기가 싸늘해졌다. 정확한 지적에 한준만 총장은 뭐라 대꾸를 할 수 없었다. 그저 얼굴만 붉힐 뿐.

침묵은 계속되었다. 말해봐야 입만 아프다는 결론을 모두가 얻은 것이다.

심호흡을 하며 다시 마음을 가라앉힌 한준만 총장이 필사적으로 해명했다.

"여기서 김 선생 이야기는 꺼내실 거 없고. 글쎄 아무튼 제가 아까도 말하지 않았습니까. 난 공개적으로 후원한 적 없다고. 그 돈은 그저 개인적으로……."

"개인적으로 후원을 했는데 왜 언론에 공개가 된 것이오?"

"답답하네. 나도 그게 궁금하다니까요?"

대강 짐작은 갔다. 자신이 정치후원금을 건넸다는 사실을 아는 사람은 딱 두 명이다. 윤보현 후보와 민병철 교무처장.

두 사람 모두 의심이 됐지만, 결정적으로 민병철 교무처장 쪽에 무게가 쏠렸다.

정치후원금은 받을 수 있는 상한선이 있었다. 윤보현 후보 측에서 자신들에게 부담이 되는 사항을 일부러 언론에 알릴 리는 없다.

결국 남은 것은 민병철 교무처장이다. 그는 액수가 얼마인지까지 구체적으로 알고 있다.

문득 얼마 전 그가 농담 삼아 했던 말이 떠오른다. 얼마나 벗겨먹으려고 세 장이나 배팅을 하냐고.

평소 입이 무거운 사람이지만, 자고로 사람 입에 술이 들어가면 어떻게 될지 모르는 법이다. 아무래도 그가 술자리에서 실언을 한 것 같았다.

'괜히 말했군. 제엔장.'

한준만 총장은 후회했다.

하지만 이미 엎질러진 물이었다. 지금은 상황을 수습해야 할 때다.

“일이 이렇게 된 거 진정들 하시죠. 언론은 내가 잘 컨트롤할 테니 걱정들 마시고. 자, 자. 차라리 잘 된 일이라고 생각하는 게 어떻겠습니까? 이대로 윤보현 후보가 대통령에 당선된다면 우리는 정말 큰 이득을 얻을 겁니다.”

그제야 물러서 있던 강민호 이사장이 나섰다.

“말 한번 잘했어. 지지율도 떨어지고 있는 후보 밀어서 뭐하나? 학교 망신에서 끝나는 게 아니라 자네 사비도 털리는 건데.”

“지지율이야 뭐 왔다 갔다 하는 거 아니겠습니까? 뚜껑은 열어봐야 아는 겁니다.”

그렇게 받아치긴 했어도 한준만 총장은 속으로 뜨끔했다.

처음 후원을 결정했을 때에는 윤보현 후보의 지지율이 상당히 높았다. 하지만 혼외자식 스캔들 한 방으로 승부가 어떻게 될지 알 수가 없게 됐다.

제대로 된 줄인 줄 알았는데 썩은 동아줄이었던 것이다.

아무튼 한준만 총장은 최선을 다해 강민호 이사장을 설득했다. 일이 이렇게 됐으니 보다 나은 방향을 찾아보자는 말을 계속 반복했다.

결국 강민호 이사장은 한발 물러섰다.

"흐음, 총장 말도 아예 틀린 말은 아니야. 이렇게 된 이상 윤보현 후보가 당선되기를 비는 수밖에."

"스캔들이 터지긴 해도 회복세가 생각보다 빠릅니다. 여당 총재라는 수식어가 허울은 아니었지요."

한준만 총장의 설명에 강민호 이사장은 고개를 끄덕였다.

그때 전화벨이 울렸다. 상황이 상황인지라 한준만 총장은 전화를 받지 않았다.

그런데 잠시 후 비서가 노크하고 안으로 들어왔다.

"총장님. 급한 전화인데요. 받으셔야 할 것 같습니다."

"여기가 더 급해. 바쁘다고 하고 끊어."

"저 그게…… 윤보현 후보 캠프에서 온 전화인데요."

"뭐?"

한준만 총장은 바쁘게 눈을 굴렸다. 도대체 윤보현 후보 캠프에서 왜 전화를 한단 말인가.

"받아 봐."

이사장의 명령으로 한준만 총장은 수화기를 들었다. 곧 익숙한 남자의 목소리가 들렸다.

– 많이 놀라셨지요?

"자네……!"

목소리의 주인공은 윤우였다. 가벼운 웃음소리가 수화기 너머로 들려왔다.

– 오해하지는 마십쇼. 저희도 당혹스럽기는 마찬가지입니다. 도대체 왜 후원 사실을 떠벌리고 다니셨던 겁니까? 윤보현 후보께서 심기가 많이 불편하십니다.

사실 후원 소문을 낸 것은 윤우였다.

윤우는 직원을 시켜 각 언론사 기자들과 접촉하게 했다. 윤보현 후보에게 피해가 가지 않는 선에서 은밀히 소문을 흘린 것이다. 신문사마다 후원 추정금액이 전부 다른 이유는 바로 그 때문이었다.

"아니. 아니야. 난 떠들고 다닌 적이 없어. 나도 어떻게 소문이 퍼졌는지 오리무중이네. 아무튼 이거 면목이 없군. 윤 후보께 곧 찾아뵌다고 말씀 좀 잘 전해 주게."

참 뻔뻔한 부탁이었다. 상벌위원회가 열린지 채 보름도 지나지 않았는데 말이다.

– 오히려 잘 됐죠. 명문대학의 공식적인 지원을 받을 수 있는 건 우리로서는 굳이 나쁜 일이 아니니까 말입니다. 그만큼 지지자가 늘어날 겁니다.

"그렇게 말해주니 고맙군."

한준만 총장은 강민호 이사장을 향해 고개를 끄덕여 보였다. 일이 잘 풀릴 것 같다는 신호였다. 이사진이 일시에 안도의 한숨을 내쉬었다.

하지만 그것으로 끝이 아니었다.

– 그런데 말입니다.

"왜?"

– 얼핏 들려오는 얘기로는 총장님께서 장영훈 후보 측과도 접촉을 했다고 하던데요. 이중 후원이라는 소문이 돌고 있더군요. 지지율이 떨어지니 라인을 갈아타신 겁니까?

"뭐? 그건 또 무슨 소리야?"

– 아는 기자가 장영훈 후보를 만나는 총장님의 모습을 찍었더군요. 지금쯤 우리 직원이 팩스를 넣었을 텐데. 한번 확인해 보시죠.

이건 말도 안 되는 일이었다. 장영훈 후보를 만난 것은 사실이었지만 자진해서 간 것도 아니었고 초대를 받아서 어쩔 수 없이 만난 것이었다.

그런데 사진이 찍혔다니?

순간 한준만 총장의 두 눈이 커다래졌다. 가슴이 철렁 내려앉았다. 그는 전화를 내팽개치고 곧장 비서실로 달려갔다.

"김 비서! 팩스 온 거 없나?"

"여기 있습니다."

비서가 A4 용지 하나를 건넸다. 장영훈 후보와 나란히 식당을 나서는 모습이 찍혀 있다.

식당에서 별다른 이야기는 오가지 않았다. 선거를 무사히 치렀으면 좋겠다고 덕담 몇 마디 했을 뿐이다.

하지만 이 한 장의 사진이 불러올 파문은 그처럼 단순하지 않다. 이 사진 아래에 어떤 문장을 집어넣느냐에 따라 상황은 완전히 달라질 테니까.

만약 자신이 장영훈 후보와도 은밀히 접촉을 하고 있다고 허위 기사가 나간다면?

상상만 해도 끔찍했다. 한준만 총장의 안색이 새하얗게 질렸다.

“무슨 일인가?”

“아니, 아무것도 아닙니다. 더 하실 말씀 없으시면 전 이만 실례하지요.”

“한 총장.”

강민호 이사장이 나직이 그를 불러 세웠다. 흠칫 놀란 한준만 총장이 팩스종이를 등 뒤로 숨기며 돌아보았다.

“내 당부하는데, 이번 학과통폐합 건은 다시 검토해 보도록 해. 지금은 어떻게 해서든 매스컴에 노출되는 걸 피해야 하네. 알았나?”

“잠깐만요. 통폐합은 이미 결정된 사안 아닙니까? 왜 갑자기 그걸…….”

“내 말 들어.”

이사들이 날카로운 눈으로 한준만 총장을 노려보았다. 명백한 경고의 눈빛이었다.

“아, 알겠습니다. 다시 검토는 해 보지요.”

"사고 좀 그만 치고 다니고."

이사진들이 총장실 앞에서 썰물 빠지듯 물러갔다. 한참이나 멍하니 있던 한준만 총장은 재빨리 집무실로 돌아와 윤우에게 전화를 걸었다.

하지만 윤우는 전화를 받지 않았다. 이번엔 선거 캠프에 전화를 걸었다. 직원은 윤우가 외출 중이라고 간단히 대답했다.

그때 총장실 문이 열렸다.

고개를 홱 돌린 한준만 총장이 깜짝 놀랐다. 모습을 드러낸 사람은 다름 아닌 윤우였다.

"절 찾으신 것 같은데요."

윤우는 휴대폰을 흔들어 보였다. 진동이 울리고 있었다. 발신자는 한준만 총장이었다.

그는 전화를 끊고 윤우를 노려보았다.

"도대체 이 사진을 나에게 보낸 목적이 뭔가?"

"신문에 소설을 하나 써보려고요. 모 사립대 총장의 변심이라는 타이틀로 말입니다. 지지율이 떨어지자 다른 후보에게 붙었다. 어떻습니까? 재미있겠죠?"

어이가 없어 말도 나오지 않았다. 오히려 한준만 총장은 시원하게 웃음을 터트렸다.

"하하하! 과연 자네 소설을 믿어 줄 사람이 있을까? 내가 아니라고 하면 장땡인데?"

"믿고 안 믿고는 제가 참견할 바가 아니죠."

"뭐야?"

"이 뜬소문을 접한 윤보현 후보님의 심기를 걱정하셔야 할 겁니다. 박쥐 짓을 했다는 소문을 듣고도 가만히 계실까요? 아마 장영훈 후보님도 꽤 불쾌하게 생각하시겠죠."

그것이 바로 한준만 총장이 걱정하던 것이었다. 사실 여부는 중요하지 않다. 그런 이야기가 흐른다는 것 자체가 누군가에겐 불쾌한 일이 된다.

"아, 우리 후보님 지지율 걱정은 하지 마십쇼. 전 윤 후보님이 대통령에 당선되실 거라고 확신하니까요. 그럴 만한 비장의 무기도 있고."

"지금 당장 후보님께 해명하겠네."

딸칵—

한준만 총장은 바로 수화기를 들었지만 통화대기음이 들리지 않았다. 전화기를 살펴보니 윤우가 훅 스위치를 누르고 있었다.

씨익 웃는 윤우. 소름이 돋을 정도로 무서운 표정이었다.

"전화 걸기 전에 잘 생각해 보시죠. 윤보현 후보께서 최측근인 제 말을 믿으실까요, 아니면 최측근을 징계한 총장님 말을 믿으실까요?"

"그, 그런……."

"쉽게 생각하세요. 우린 아직 협상의 여지가 남아 있습니다."

윤우가 수화기를 뺏어들고 소파로 턱짓했다. 앉으라는 의미였다. 그렇게 두 사람은 테이블을 가운데 두고 마주앉았다.

윤우는 안주머니에서 종이를 꺼냈다. 그리고 펜과 함께 한준만 총장에게 내밀었다.

"여기에 싸인만 하시면 제 소설은 공개하지 않는 걸로 하겠습니다."

한준만 총장은 종이에 적힌 내용을 빠르게 읽었다.

그것은 각서였다.

학과통폐합을 철회하고, 3년 이내로 다시 통폐합을 논의하지 않겠다는 것을 약속한다는 내용이 적혀 있었다.

"나를 협박하겠다는 거로군."

"협박이 아니죠. 협상입니다. 거기에 싸인을 강요하는 건 아니니까. 받아들이고 말고는 총장님께서 선택하실 일입니다. 물론 그로 인한 결과도 총장님께서 감내하셔야 하는 부분이고요."

순간 머릿속으로 3억이라는 큰돈이 떠올랐다.

만약 윤우가 언론플레이를 하게 된다면 자신의 3억이 말 그대로 쓰레기통으로 들어갈 수도 있는 상황이었다.

문득 윤우를 징계하지 말라는 강민호 이사장의 충고가 떠올랐다.

또다시 후회가 되었다.

그때는 감정에 휩싸여서 어쩔 수가 없었다. 파면이 아니라 정직이니 윤보현 후보도 이해를 해 줄 거라고 생각했다. 3억이나 갖다 바쳤으니까.

그런데 그 모든 계산이 만족할 만한 해(解)를 구하지 못했다.

"생각할 시간을 좀 주겠나?"

한준만 총장이 간절히 부탁했고, 윤우는 시계를 바라보며 냉정히 말했다.

"1분이면 충분할 것 같군요."

"……."

3억.

결국 이를 꽉 깨문 한준만 총장은 각서에 서명을 했다.

NEO MODERN FANTASY STORY

# 뉴라이프

# NEW LIFE

## Scene #89 과거와 미래, 그리고 현재

## Scene #89 과거와 미래, 그리고 현재

한준만 총장이 반강제로 작성한 각서는 즉시 효력을 발휘했다.

한준만 총장은 교수협의회에 참석해 학과 통폐합 안을 철회한다고 밝혔다. 돌아가는 상황이 좋지 않았기 때문에 누구도 반대를 하지 않았다.

"덧붙여 여러분들께 심려를 끼쳐드려 죄송합니다. 우리 신화대의 총장으로서, 앞으로는 대학 행정에 만전을 기하도록 하겠습니다."

임시로 열린 교수협의회는 한준만 총장의 깍듯한 사과로 마무리되었다.

학과 통폐합이 철회되었다는 소문이 빠른 속도로 모든

학과에 퍼져 나갔다.

통폐합 대상에 선정된 학과들은 축제 분위기에 휩싸였다. 학생과 교수를 가릴 것이 없었다. 종강하는 날 학생들과 교수들이 서로 어울려 축배를 들었다.

그렇게 신화대는 겨울 방학을 맞이했고, 이어 대통령 선거 투표가 시작되었다.

윤우는 아침 일찍 아내와 함께 나와 투표장으로 향했다. 숨을 쉴 때마다 입김이 나올 정도로 날씨가 추워졌다. 윤우는 아내의 손을 꼭 잡았다.

거칠어진 손에서 세월이 느껴진다. 전생의 아내의 투박한 손과는 많이 달랐다. 그만큼 새로운 인생은 윤우 가족 모두에게 특별한 것이었다.

윤우가 지나가듯 물었다.

"당신은 누구 뽑을 거야?"

"일 잘하는 사람이요."

"뭐?"

가연이 살며시 웃었다.

"농담이에요. 그나저나 어떨 거 같아요? 이번 선거."

"우리가 이길 거야. 지지율이 반등하고 있거든. 딱 좋은 시기에 투표가 시작됐어."

장영훈 후보에 대한 네거티브 전략은 대성공을 거뒀다. 각종 비리가 밝혀지며 윤리적인 타격을 입게 된 것. 그 반사효과로 윤보현 후보의 지지율이 소폭 상승했다.

지지율에서 조금 뒤쳐져 있던 윤보현 후보가 장영훈 후보를 따라잡으면서 서로 비등한 양상이 펼쳐졌다.

덕분에 그 어떤 전문가들도 이번 선거의 결과를 쉽게 예단하지 못했다.

하지만 윤우는 확신했다. 윤보현 후보가 대통령에 당선이 될 거라고. 할 수 있는 것은 다 했으니 이제 좋은 소식만 기다리면 된다.

찬바람이 불어오자 아내가 손을 잡은 채로 팔짱을 꼈다.

"그나저나 학교 일은 정말 다행이에요. 직원들도 그렇고 다들 통폐합이 강행될 줄 알았거든요. 총장이 왜 마음을 돌린 건지는 모르겠지만…… 이제 당신이 복직하기만 하면 되겠어요."

"우리가 선거에서 이기면 아마 돌아가기는 힘들어지겠지. 뭔가 보직을 받을 테니까."

처음부터 높은 자리는 받을 수 없을 것이다. 정계 활동 경력이 거의 없으니까.

그래도 윤보현 후보의 최측근으로서의 대우는 충분히 받을 것이다. 윤우는 그 어떤 자리든 필요 이상의 능력을 발휘할 사람이니까.

게다가 이번 선거에 적지 않은 영향을 끼쳤다. 윤우가 없었더라면 혼외자식 스캔들은 물론, 대외정책에서 보기 좋게 실패했을 것이다.

논공행상에서 가장 먼저 이름이 나오는 것은 단연 윤우였다. 대변인으로서의 그의 점수는 만점이었다.

"당신이 학교에 돌아오지 않는다면 그건 그거대로 아쉽네요. 뭔가 당신 인생에서는 대학이라는 걸 빼놓을 수가 없는 느낌이라고 할까."

"아쉬워? 그럼 다시 학교로 돌아갈까? 당신이 원하는 대로 할게."

"어머, 당신답지 않게 결정을 남한테 떠미네요. 난 신경 쓰지 말고 당신 하고 싶은 대로 해요."

"우리가 남인가?"

윤우는 농을 건네며 여유를 부렸다.

두 사람은 다정히 골목을 돌았다. 어느덧 큰길로 접어드니 저 멀리 투표장소인 주민센터 건물이 보였다. 많은 사람들이 그곳으로 이동하고 있었다.

주변 사람들이 윤우를 힐끔 쳐다보았다. 그는 대변인 활동을 하며 TV는 물론 여러 매체에 빈번히 노출되었기 때문에 유명인사가 된 상황이었다.

윤우와 가연이 나란히 주민센터로 들어갈 찰나, 누군가가 옆에서 불쑥 튀어나왔다.

"김윤우 대변인! 잠깐 인터뷰 괜찮으십니까?"

"이번 선거의 승패는 어떻게 예상하고 계신가요?"

기자들이었다. 아마도 윤우를 표적삼아 기다리고 있었던 모양이다.

윤우는 난처한 표정을 지었다.

“일단 투표를 하고 나오겠습니다. 인터뷰는 그 이후에 하도록 하죠.”

아직 선거는 끝나지 않았다.

끝까지 언론을 잘 다독여야 했다. 윤우는 가연의 손을 붙잡고 주민센터 안으로 들어갔다.

투표를 마치고 밖으로 나오자 기자들이 길을 막아섰다. 윤우는 여유롭게 웃으며 그들과 마주했다. 기자들이 일제히 마이크를 내밀었다.

“사전 조사에서는 지지율이 거의 비슷하게 나왔는데요. 결과는 어떻게 예상하고 계십니까?”

“준비 과정에서 많은 어려움이 있었지만 최선을 다했다고 말씀드리고 싶군요. 모든 것은 국민 여러분들의 선택에 맡기겠습니다.”

마치 자신이 대선 후보라도 된 듯한 자신감을 표했다. 그를 곁에서 바라보고 있는 가연은 뿌듯한 눈빛을 보냈다. 자랑스러운 남편이었다.

윤우는 아내를 집에 데려다주고 바로 차를 몰고 선거본부로 이동했다.

모두가 분주하고 움직이고 있었다. 윤보현 후보를 포함

한 당 수뇌부들은 대형 TV앞에 줄지어 앉아 선거 방송을 시청 중이었다.

"그간 고생 많았네."

윤보현 후보가 윤우에게 악수를 건넸다.

"아직 선거 안 끝났습니다. 끝까지 방심하시면 안 됩니다."

"하하하. 자네는 역시 완벽주의자야."

윤우가 겸손한 미소로 질문했다.

"언론에서 접촉은 없었습니까? 아침에 조금 소란스럽더군요."

"자네가 알려 준 대로 대응을 했지. 너무 걱정하지 마. 최대한 말을 아꼈으니까."

그렇게 시간이 흐르고 오후 6시가 되자 투표가 모두 종료되었다. 3대 방송사들은 경쟁적으로 출구조사를 발표하기 시작했다.

그중 가장 신뢰도가 높은 KBC에서 발표한 출구조사에 당원들이 모두 두 손을 들고 환호성을 질렀다.

– 기호 1번 윤보현 후보가 50.5퍼센트로 장영훈 후보를 1.4퍼센트 앞선 것으로 분석됩니다. 신뢰도 95퍼센트에 오차범위는 플러스마이너스 0.8퍼센트입니다.

아나운서가 자신감 넘치는 어조로 설명했다.

지난 대선에서도 KBC에서는 출구조사를 통해 대통령 당선을 정확히 맞추었다. 그랬기에 선거 캠프는 물론 한국당 당원들까지 축제 분위기에 휩싸였다.

하지만 윤보현 후보와 윤우는 차분히 개표를 지켜보았다. 오차범위를 생각한다면 1.4퍼센트는 안심할 수 없는 수준이었다.

저녁 시간이 되자 직원들이 식사를 하기 위해 하나 둘 자리를 비웠다. 윤우를 비롯한 수뇌부도 자리에서 일어섰다.

"후보님도 식사하러 가시죠. 금강산도 식후경 아닙니까. 근처에 예약을 해놨습니다."

"그냥 간단히 시켜먹는 게 좋겠어. 괜히 나가서 기자들 먹잇감이 되는 것보단 낫지 않겠나?"

"하긴, 그것도 그렇군요."

그때 캠프 문이 열리더니 슬아가 안으로 들어왔다. 뒤따라 그녀의 이복동생 민지도 함께 들어왔다. 손에 뭔가가 잔뜩 들려 있다.

"아버지. 식사 전이시죠? 도시락 싸 왔어요."

"도시락? 네가?"

슬아는 고개를 끄덕였다.

윤보현 후보는 꽤 놀랐다. 귀하게 자란 딸이 이렇게 도시락을 싸올 줄은 생각지 못한 것이다.

예전에는 요리의 요자도 몰랐지만, 슬아는 최근에 시간을 내서 요리를 배우고 있었다. 일종의 취미라고 할까.

"다른 분들 드실 수 있을 만큼 많이 만들었으니까 사양하지 말고 드세요. 괜히 밖에 나가면 소란스럽잖아요?"

"따님 참 잘 두셨습니다! 하하하."

윤보현 후보는 마치 크리스마스 날 뜻하지 않은 선물을 받은 아이처럼 웃었다.

직원들이 둥그렇게 모여 앉아 식사를 시작했다.

"오, 이거 맛있는데요?"

"후보님 따님이라서 그런 게 아니라 정말 맛있습니다. 대단하네요."

윤우는 왠지 낯선 느낌을 받았다. 평생 슬아가 만들어 주는 요리는 못 먹어 볼 거라고 생각했는데, 역시 세상은 살아봐야 아는 거다.

윤우가 물었다.

"이걸 혼자 다 만든 거야?"

"아니. 민지가 도와줬어."

"전 곁에서 거들기만 했어요. 대부분은 언니가 만든 거예요."

"요리 배운다더니 솜씨가 나쁘지 않은데? 조금만 더 노력하면 우리 와이프 솜씨 따라잡을 수 있겠어."

윤우는 만족스러운 표정을 지었다. 사실 음식이 맛있어

서가 아니었다.

민지와 어울리는 슬아의 모습이 보기 좋았기 때문이다. 이제는 정말 친자매 같았다. 윤보현 후보와도 화해를 해 다시 화목한 가정으로 돌아갔다.

돌이켜보면 도박 같은 일이었다. 만약 그때 슬아가 카페를 뛰쳐나갔다면 이런 장면은 볼 수 없었을 것이다.

생각해보면 대단히 운이 좋았다. 자신이 노력한 것도 있지만, 윤우는 운이 일정부분 작용을 했다는 것을 솔직히 인정했다.

이제 그 운의 마지막 시험대가 펼쳐지려 하고 있다.

윤우는 젓가락을 내려놓고 TV에 시선을 고정했다.

- 개표가 본격적으로 시작되고 있습니다. 오후 7시가 지난 현재, 장영훈 후보가 3419표 차이로 근소하게 윤보현 후보를 앞서고 있습니다.

윤우는 담담하게 투표 중계를 지켜보았지만, 당사자인 윤보현 후보는 음식을 먹으면서도 초조한 눈으로 TV를 시청했다.

그때 슬아의 손이 윤보현 후보의 손 위로 포개졌다. 딸을 돌아본 윤보현 후보의 얼굴에 미소가 걸렸다. 따뜻한 격려가 손을 타고 가슴까지 흘러들어왔다.

시간이 덧없이 흘러갔다. 하지만 다들 피곤함을 잊고 TV 앞을 떠나지 않았다.

새벽 2시가 되어서야 방송 3사의 아나운서들이 당선이 확정되었다는 멘트를 꺼냈다.

윤우의 또 다른 운명이 결정되는 순간이었다.

"이제부터가 진짜 시작이라고 생각합니다. 존경하는 국민 여러분들의 뜻을 받들어, 혼신의 힘으로 이 나라를 다시 세울 것을 약속드립니다."

연단에 올라선 당선자가 힘차게 외쳤다.

주인공은 윤보현 후보였다. 그는 50.2퍼센트의 득표율을 기록하며 장영훈 후보를 근소한 차이로 제치고 당선의 영광을 안았다.

선거 캠프 직원 모두가 감격스러운 얼굴로 박수를 보냈다. 당사 밖에는 지지자들이 몰려들어 현수막을 들고 환호성을 내고 있었다.

"이제 다 끝났네."

연단에 시선을 고정한 채 슬아가 말했다. 그 옆에는 윤우가 서 있었다.

"끝나긴. 아버지 말 못 들었어? 이제부터가 진짜 시작이다."

"너야 그렇겠지. 나는 정치엔 관심 없어. 다시 대학으로 돌아갈 거야."

윤우는 깜짝 놀랐다.

"아버지 안 도와드리고?"

"난 누구처럼 제자들 버리고 학교 떠나고 싶지 않거든. 이제야 정이 들었는데, 학교를 나와 버리면 좀 그렇잖니. 대학원 애들도 박사 딸 때까지는 봐 줘야 하고."

"진심이냐?"

"내가 왜 너한테 거짓말을 해?"

윤우는 흐뭇하게 슬아를 바라보았다. 시간이 흘러 그녀는 교수에서 선생이 되어 있었다. 이제는 누군가에게 존경을 받을 만한 충분한 자격을 갖췄다.

인생을 한 번 더 살아 온 윤우였기에 이해할 수 있는 말이었다.

"나도 제자들 버리는 거 아니다. 언젠간 다시 대학으로 돌아가겠지. 물론 그 전에 해야 할 일이 있지만."

"알아. 기다리고 있을 테니까 꼭 이기고 돌아 와."

윤우는 대답 대신 고개를 끄덕였다.

그때 막 연설이 끝났고, 윤보현 당선자가 연단에서 내려왔다. 윤우가 앞서 나가 그를 맞았다.

"다시 한 번 축하드립니다."

윤우는 악수를 건넸지만 윤보현 후보는 악수를 받지 않았다.

대신 윤우를 끌어안고 등을 다독였다.

"고맙네."

눈으로 잘 보이지는 않았지만, 윤우가 물심양면으로 고생을 많이 했다는 것을 잘 알고 있었다. 당선 여부를 떠나 가정이 깨지지 않은 것도 그의 덕이다.

윤보현 후보는 두 손으로 윤우의 어깨를 탁탁 두드렸다.

"고생 많았어. 내 자네의 공은 잊지 않겠네."

"감사합니다."

"앞으로도 잘 부탁하네. 자네가 할 일이 많아질 거야. 일단 휴가를 줄 테니 요 며칠 푹 쉬고 와. 그 다음에 앞으로 할 일들을 모색해 보자고."

"예."

두 사람은 나란히 취재기자들 앞에 섰다. 플래시가 수없이 터졌다. 그리고 그 사진은 내일 조간신문의 헤드라인으로 장식되었다.

가족들과 제주도로 4박 5일 여행을 다녀온 윤우는 다음 날 바로 당사로 출근을 했다. 이제는 선거 캠프가 아니라

'대통령직인수위원회' 소속이었다.

당선자 윤보현은 수뇌부를 집합시켜 엄중히 위원회 임원 명단을 발표했다.

"우선 위원장으로 신주영 의원을, 그리고 부위원장 겸 교육과학분과장으로 김윤우 전 대변인을 올리겠소. 이의 있소?"

모두가 고개를 끄덕였다. 예상하고 있던 결과였다. 신주영 의원은 대선 캠프를 총 지휘한 인물이었고, 윤우도 그에 못지않은 공로를 세운 사람이었으니까.

"열심히 하겠습니다."

윤우가 고개를 숙였다. 노련한 신주영 의원도 그 옆에서 각오를 다시 한 번 다졌다.

윤보현 당선자는 나머지 분과장의 명단도 발표했다. 대부분이 선거 캠프에서 함께 고생한 사람들이었다.

"이 명단은 오늘 기자회견장에서 공개를 하지요. 곽청원 대변인이 수고해 주시게."

"예."

윤보현 당선자가 인쇄물을 대변인에게 넘겼다. 그리고 다시 회의가 시작됐다. 그간의 선거 캠프 활동을 평가하고 앞으로의 계획을 수립해 나갔다.

그로부터 일주일이 지나자 윤우는 본격적으로 대통령직 인수위원회 업무를 시작했다.

아직 신화대엔 사의 표명을 하지 않았다. 정직이 풀리지 않았고, 대통령직 인수에 관한 법률에는 인수위원 겸직 금지 조항이 없기 때문이다.

윤우가 당사를 나가려하자 비서직원이 자리에서 일어서며 물었다.

"멀리 가십니까?"

"잠시 외근 다녀옵니다. 저녁 전에 돌아올 겁니다."

"조심해서 다녀오십시오."

윤우는 밖으로 나와 차에 올랐다. 운전기사가 윤우에게 정중히 인사하고 차를 출발시켰다.

"어디로 모실까요?"

"신화대학교로 갑시다."

"알겠습니다."

한 시간 뒤 신화대 대학본부 건물 앞에 차가 멈춰 섰다. 차에서 내린 윤우는 즉시 총장실로 올라갔다. 마침 총장은 한가롭게 난초를 다듬고 있었다.

"오, 김 선생. 학교엔 웬일인가? 인수 작업 때문에 굉장히 바쁜 걸로 아는데."

한준만 총장은 기분 좋은 표정으로 윤우를 맞았다.

각서 한 장으로 그는 선거자금 3억을 지켰다. 대선이 끝나고 윤보현 당선자는 한준만 총장에게 직접 전화를 걸어 감사의 뜻을 표했다.

모든 일이 잘 풀렸다.

그런데 윤우의 표정이 썩 좋지가 않았다.

"오랜만입니다. 총장님."

윤우는 사무적인 어투로 인사한 뒤 한준만 총장의 앞에 당당히 섰다. 그리고 이렇게 말했다.

"대통령직인수위원회 부위원장 겸 교육과학분과장으로 정식 요청드립니다. 현재 신화대의 학사 행정에 관한 모든 자료를 제출해 주세요. 사업 추진 내역은 물론 업체 선정 자료까지 모조리 다. 사립대 실태에 대한 행정 조사를 할 계획입니다."

"……뭐?"

예상대로 한준만 총장은 기겁했다. 그를 빤히 바라보며, 윤우는 입꼬리를 살짝 올렸다.

◈

신화대에 비상이 걸렸다.

한준만 총장은 윤우의 요구를 거절할 수가 없었다. 그의 요구는 법적으로 정당한 것이었다. 관계기관의 장은 대통령직인수위원회 활동에 협조해야 할 의무가 있었다.

이미 윤우는 교육부에 협조를 구해 놓은 상황이라 한준만 총장은 빠져나갈 구멍이 없었다.

입찰비리 및 임용비리 등 각종 비리설에 휘말려 있던 한준만 총장은 발을 동동 굴려야 했다. 찔리는 일이 한두 가지가 아니었다.

"이제 어쩌면 좋나? 응?"

한준만 총장이 머리카락을 쥐어뜯었다. 그 앞에 민병철 교무처장이 앉아 있었는데 그의 표정도 어두웠다.

"서류를 은닉한다고 해도 한계가 있어. 김 선생은 우리 대학의 내부 사정을 잘 알고 있잖나? 게다가 정가연 과장도 가만히 있지 않을 거고."

사리분별이 분명한 그였다. 그가 안 된다고 하면 안 되는 거였다. 그걸 잘 알고 있던 한준만 총장의 표정이 하얗게 질렸다.

만약 윤우가 신화대 사람이 아니었다면, 그리고 그의 아내가 교무과장이 아니었다면 이렇게 코너에 몰리지 않았을 것이다.

"쯧, 그러게 내가 뭐랬나. 김 선생 그냥 봐 주라고 했잖아. 성질 못 참아서 징계 내리더니 이 꼴이 뭔가?"

"크윽……."

그렇게 말하긴 했지만 민병철 교무처장도 찔리기는 마찬가지였다. 상벌위원회에서 윤우에게 다그친 내용이 마음에 걸렸던 것이다.

털어서 먼지 안 나는 사람이 없다고 했다. 자신도 몇몇 자잘한 비리에 관여되어 있었다. 마음먹고 찾아 나선다면 걸릴 게 분명했다.

"아무튼 이번 일에 내가 휘말리지 않게 좀 해 줘. 솔직히 말해 내가 잘못한 건 없잖나?"

"나 혼자 떠안으라는 건가?"

"방법이 없잖아?"

매정하게 한마디 내뱉은 민병철 교무처장은 총장실을 나섰다. 결국 고민 끝에 한준만 총장은 윤보현 당선자에게 전화를 걸었다.

– 어, 한 총장. 무슨 일인가?

"당선인님! 저 좀 도와주십쇼."

– 뜬금없이 전화해서 도와달라니? 무슨 일인가. 집에 불이라도 났나?

"김윤우 선생한테 못 들으셨습니까?"

– 허허, 이 친구. 김윤우 선생이라니. 말을 삼가게나. 그는 명실공히 대통령직인수위원회 부위원장이네. 앞으로 큰일을 할 사람이고.

"죄, 죄송합니다."

엄중한 목소리에 한준만 총장이 움찔했다. 이마에서 식은땀이 흘렀다. 한준만 총장은 소매로 땀을 닦으며 침착하게 용건을 꺼냈다.

"실은 김 부위원장이 신화대의 행정 자료를 요구했습니

다. 그런데 이게 공개되면 난감한 부분이 많아서…… 당선자께서 좀 중재해 주십사 해서 말입니다."

– 아, 그거. 나도 보고 받았네. 김 부위원장이 부탁한 대로 해 주게. 대선 때 발표한 공약 실현을 위한 준비 작업이니 철저히 해 줘.

"네?"

한준만 총장의 두 눈이 휘둥그레졌다. 3억으로는 부족했던 것일까. 윤보현 당선자의 태도는 냉정했다.

"당선인님! 선거 전에 제가 도와드린 그걸 좀 봐서라도."

– 후원금 말인가?

"예."

– 허허, 이제와 하는 말이지만 자네 나 말고도 장영훈 후보와 어울렸다며? 아는 사람은 다 아는 얘기더군. 자네를 추궁하지 않는 걸 다행으로 생각하게. 불쾌한 걸 참고 있으니 말이야. 이제 앞으로 이런 전화는 걸지 않았으면 해. 그럼 끊겠네.

그렇게 전화가 허무하게 끊겼다.

그리고 일주일 후, 윤우가 직원 다섯을 데리고 총장실에 나타났다. 위풍당당한 것이 마치 검찰에서 조사를 나온 듯한 분위기였다.

윤우가 물었다.

"자료 준비는 끝났습니까?"

"그게……."

한준만 총장은 말을 잇지 못하고 땀을 삐질삐질 흘렸다

윤우의 눈매가 날카롭게 좁혀졌다.

"총장님. 저는 충분한 시간을 드린 것 같은데요. 괜히 제가 교육부에 연락을 해서 일이 더 복잡해지지 않게 해 주시죠. 서로 골치만 아파질 겁니다."

"잠깐 나 좀 보세."

한준만 총장이 윤우를 데리고 밖으로 나갔다. 그리고 복도 구석에서 그에게 간절히 말했다.

"자네, 꼭 이렇게 해야 하나? 상벌위원회 일을 마음에 두고 있다면 내 사과함세. 얼마든지. 다시 위원회를 열어 정직도 풀어주지. 응?"

"6개월 정직은 많이 봐주신 거 아닙니까? 감히 총장님의 팔을 부러트렸는데. 파면당하지 않은 것으로도 다행이지요. 그 점에 대해서는 감사하게 생각하고 있습니다. 하하하."

비꼬는 건지 진짜인지 애매모호했다. 윤우는 시원하게 웃음을 터트렸다.

한준만 총장은 후회했다.

괜히 부러진 척 연기를 해서 일을 이렇게 키웠다. 물론 자신의 어리석음을 탓해봐야 지나간 일을 돌이킬 수는 없지만.

"후유증은 안 남으셨죠? 요양이 필요하면 언제든 말씀하세요. 제가 좋은 병원을 소개해 드리겠습니다."

"난 괜찮아. 괜찮으니까! 다시 좀, 응?"

"이거 어쩌죠? 들으셨는지는 모르겠지만 방금 교무처장께 사직서를 내고 오는 길입니다. 음, 이해를 못 하신 것 같군요. 그러니까 굳이 정직을 풀어주시지 않아도 된다는 겁니다."

"뭐?"

한준만 총장이 깜짝 놀랐다. 그를 보며 빙긋 웃은 윤우는 다시 총장실로 들어갔다. 그리고 내선전화를 들고 교무과로 연결했다.

– 네, 교무과입니다.

"대통령직인수위원회의 김윤우입니다. 정 과장님께 일전에 요청 드린 자료 지금 총장실로 가지고 올라와 달라고 전해주세요. 기다리고 있겠습니다."

◈

조사가 본격적으로 진행되고 있다는 소식이 강민호 이사장의 귀에 들어갔다. 평소 차분한 그였지만, 책상을 내리치며 고함을 질렀다.

"지금 당장 이사회 소집해!"

말이 이사회지 징계위원회와 다를 바가 없었다.

이사장은 재단의 절대자.

강민호 이사장의 명령이 떨어지자 주말임에도 불구하고 신화재단의 모든 이사들이 모여 재단에 피해가 가지 않을 만한 방안을 모색하기 시작했다.

강민호 이사장이 진지한 표정을 지었다. 이제 나올 만한 의견은 다 나왔다. 결정의 순간만이 남았다.

"그럼 그렇게 하도록 하지."

그들이 내린 결론은 간단했다.

몸통을 보전하기 위해 꼬리를 자르기로 결정한 것이다. 곧 이사회에 소환된 한준만 총장은 강민호 이사장에게 이런 질문을 받았다.

"자네, 등산 좋아하나?"

"예?"

한준만 총장은 어리둥절했다. 잔뜩 긴장을 하고 왔는데 강민호 이사장이 뜬금없이 등산 이야기를 꺼내다니. 덕분에 긴장이 좀 풀렸다.

멍청하게도 그것을 배려라고 생각한 것이다.

"하하하. 좋아합니다. 그러고 보니 이사장님 모시고 관악산 오른 지도 꽤 됐네요. 조만간 날을 한번 잡아보지요. 그때 그 두부집도 예약해 놓겠습니다. 역시 등산 후에는 막걸리와 두부김치 아니겠습니까?"

"잘 됐어."

강민호 이사장이 만족스럽게 웃으며 고개를 끄덕였다. 한준만 총장은 괜히 긴장을 했다고 생각했다.

그런데 분위기가 이상했다.

주변을 둘러보니 이사들이 모두 자신을 흘겨보며 딱한 표정을 짓고 있었던 것이다.

"다른 분들도 같이 가시죠?"

"그럴 필요까진 없네."

그렇게 운을 뗀 강민호 이사장이 미소를 싹 지웠다. 근엄한 표정과 목소리로 이렇게 명령했다.

"경북 의성군에 우리 재단이 소유한 연구시설이 하나 있지. 북쪽으로 문암산이 보이니 풍광은 좋을 게야. 아침에 운동 삼아 등산로를 걸으면 기가 막히지. 거기에서 몇 년 푹 쉬다 오게나."

"네?"

"사표는 내일 제출하도록 하고."

한준만 총장이 벌떡 일어섰다. 너무 다급히 일어나 의자가 뒤로 나뒹굴었다.

"잠깐, 잠깐만요!"

"자, 이사회는 이걸로 마치지. 다들 수고 많았네."

"이사장니임!"

한준만 총장은 강민호 이사장의 바짓가랑이를 붙들고

선처를 빌었다. 하지만 곧 경호원들이 들이닥쳐 그를 재단 건물에서 끌고 나갔다.

결국 한준만은 자진 사퇴 형식으로 신화대학교 총장직에서 물러나게 되었다.

한준만이 물러나며 신화대 내부 조직은 대격변에 휩싸였다. 총장 라인에 있던 사람들이 모조리 좌천되거나 해직당했다. 그의 절친이었던 민병철도 화를 피하지 못했다.

한편 차기 총장 선출을 위해 신화재단 이사진이 분주히 움직이기 시작했고, 총장이 선출될 때까지 부총장인 남윤영이 총장 직무를 대행했다.

"꼭 신화대의 영광을 되찾도록 노력하겠습니다."

"잘 부탁하네."

강민호 이사장과 남윤영 총장대행이 굳게 악수를 나눴다.

남윤영은 예전 민경원 총장 시절 비서관으로 활약한 사람이었다. 때문에 지금 신화대의 문제점이 무엇이고, 어떻게 해결해야 하는지를 잘 알고 있었다.

그랬기에 신화재단 측에서도 그를 총장 후보로 추천하는 게 어떻겠냐는 의견이 지배적이었다. 대학을 정상화시킬 만한 인물이 그 외에는 없었기 때문이다.

한편 슬아는 좌천된 민병철을 대신하여 교무처장 보직을 받았다. 교무처장은 처장급들 중 가장 권위가 높은 자리였다. 신화대 교수의 임용 및 평가를 총괄하는 자리다.

그러다보니 교무과장인 가연의 직속상관이 되었다. 그래도 공사구별을 잘하는 두 사람이어서 특별히 업무상의 문제는 없었다. 오히려 업무효율이 좋아졌다.

한 달이 지나자 신화대학교는 점차 안정을 되찾아갔다. 그리고 후보로 추천된 남윤영 직무대행이 총장으로 선출되면서 신화대는 제2의 도약기를 맞이했다.

"그래요? 좋은 소식이네요. 예산도 넉넉히 책정됐으니 이제 이 선생님의 역량에 달렸습니다."

윤우는 전화를 받으며 기분 좋게 웃었다. 취소되었던 신화대학교 국제어학원의 확장공사가 다시 승인되었다는 소식을 이준희 교수가 전해온 것이다.

국제어학원은 신화대의 주력 사업 중 하나였다. 한준만 총장이 없었더라면 지금쯤 확장공사가 끝나고 세계를 향해 뻗어나갔을 터다.

늦게나마 옳은 방향으로 일이 진행되고 있어서 다행이었다.

- 미리 말씀드리는데 나중에 한몫 껴달라고 해도 안 껴줄 거예요.

"그건 좀 서운한데요. 아무튼, 그럼 공사는 언제 시작되는 겁니까?"

- 다음 달에 바로 들어간다고 하더라고요. 지금 이사 준비하느라 정신없어요. 선생님도 한가하면 와서 좀 도와요.

김승주 선생은 어딜 갔는지 코빼기도 보이지 않네요. 정말이지 한국대 출신 선생님들은 왜 이렇게 문제를 일으키는지 모르겠어요. 어떤 선생님은 총장 팔을 부러뜨리고 정직이나 먹지 않나.

"하하하. 저 바쁜 거 아시잖습니까. 승주한테는 제가 잘하라고 연락을 할게요."

– 꼭 해 주세요. 꼭.

잠시 전화기 너머로 침묵이 돌았다.

전화가 끊긴 걸까? 윤우는 귀에서 휴대폰을 떼고 액정을 바라보았다. 전화는 아직 계속되고 있었다.

"여보세요?"

윤우가 말하자 곧 한숨소리가 들려왔다.

– 다른 건 다 제자리로 돌아가고 있는데…… 선생님의 빈자리만 여전하네요. 누가 와도 채워질 것 같지가 않아요.

아쉬운 목소리로 말하는 이준희 교수. 고마우면서도 미안한 마음이 들었다. 윤우는 씁쓸히 웃으며 사과했다.

"미안해요. 저도 이렇게 학교를 일찍 나오게 될 줄은 몰랐습니다. 하지만 언젠간 꼭 돌아갈 겁니다. 그때까지 우리 학교 잘 부탁해요."

– 안 돌아오기만 해봐요. 가만히 안 있을 거니까. 아무튼, 추운데 감기 조심하고요.

전화가 끊겼고, 윤우는 다시 펜을 손에 쥐었다.

문득 조용한 느낌이 들어 시선을 창 쪽으로 돌렸다. 눈이 내리고 있었다. 꽤 굵직하게 내리는 게 저녁 무렵엔 깊게 쌓일 것 같았다.

'눈이라. 벌써 시간이 이렇게 흘렀나.'

윤우가 달력을 바라보았다. 지금은 1월. 이제 한 달만 지나면 대통령 취임식이 열린다.

잠시 의자에 등을 기대며 휴식을 취했다. 그리고 대통령 취임식 이후의 일을 상상했다.

아직 어떤 직책을 받을지는 결정되지 않았다. 그래도 지금까지 해보지 못했던 일을 하게 될 거라는 예감에 가슴이 벅차올랐다.

한편으로는 서서히, 운명이라는 열차가 종착역으로 다가가고 있는 것 같은 느낌이다.

똑똑.

문이 열리고 비서가 안으로 들어와 보고했다.

"부위원장님. 손님이 오셨습니다."

"손님?"

윤우는 잠시 서류에서 눈을 뗐다. 안으로 들어온 것은 슬아였다. 윤우는 자리에서 일어서 반갑게 그녀를 맞았다.

"웬일이야? 연락도 없이. 박 비서. 차 한 잔 부탁해."

두 사람이 소파에 앉았다. 그간 몇 번 통화를 하긴 했는데 이렇게 만난 것은 꽤 오랜만이었다. 대통령 선거 이후로 얼굴을 보지 못했다.

"바쁜데 방해한 거 아니니? 아버지께 볼일이 있어서 왔는데 인사나 하고 갈까 해서 들렀어."

"잘했어. 그나저나 교무처장 됐다며. 축하한다. 너무 바빠서 찾아가지도 못했네. 다른 선생님들은 잘 계셔? 안 그래도 방금 이 선생님하고 통화했는데."

"신기하게도 네가 사직서 내니까 학교가 잘 돌아가는 것 같더라."

그녀의 독설은 여전했다. 윤우는 한숨을 내쉬며 고개를 가로저었다.

"진즉 낼 걸 그랬다."

"그러게."

두 사람이 싱겁게 웃었다. 그때 전화가 걸려왔고, 윤우는 잠시 양해를 구하고 통화를 했다.

"바빠 보이네."

"오늘 따라 손님도 많고. 점심도 아직 못 먹었어."

"잠깐 나갈까? 내가 살게."

슬아의 제안에 윤우는 고개를 끄덕였고, 두 사람은 사무실 밖으로 나갔다.

눈발이 더욱 굵어져 있었다. 윤우는 장우산을 펼쳐 슬아와 함께 눈길을 걸었다.

슬아는 오늘따라 말이 없었다. 윤우에게 바싹 몸을 붙인 채 정면을 바라보고 걷기만 했다. 평소와는 조금 다른 모습이라 윤우가 물었다.

"뭐 걱정거리라도 있어?"

"아니. 그냥. 왠지 모르게 옛날 생각이 나서."

슬아가 희미하게 웃었다. 옛날 생각이라면 어떤 걸까. 윤우가 다시 물었다.

"무슨 생각?"

"고등학교 시절이 문득 떠오르네. 굉장히 오래 전인데도 마치 어제 일이었던 것처럼 선명해."

"가끔 그럴 때가 있지."

"왜, 그때 있잖아. 우리 학생회 선거 준비할 때도 이렇게 겨울이었지. 눈도 많이 왔고."

"그래. 그랬던 것 같다."

"넌 잘 기억 안 나나 보구나?"

윤우는 멋쩍은 미소를 지으며 고개를 끄덕였다.

윤우에겐 매순간이 중요했다. 실패를 되풀이하지 않기 위해 미래를 준비해야 했으니까. 그러다보니 일일이 모든 것을 기억하진 못했다.

하지만 슬아는 달랐다. 그 시절의 기억처럼 선명한 것도 또 없었다.

지금도 행복한 건 마찬가지지만, 가장 행복했던 시절을

꼽으라면 바로 그때일 것이다.

여러 친구들을 만났던 고등학교 시절. 특히 학생회 활동은 잊을 수 없는 추억이다. 윤우를 비롯해 성진이와 나리, 그리고 예린이와 뜻깊은 시간을 보냈다.

물론 그 중심에는 윤우가 있었다.

그와 가까워지면서 습관이 바뀌고, 가치관이 변하더니 결국 인생이 바뀌었다.

만약 윤우와 가까워지지 못했더라면 어떤 인생을 살고 있을까? 상상조차 되지 않았다. 윤우는 슬아의 마음속에서 여전히 큰 존재로 남아 있었다.

어느새 눈길을 걷는 두 사람의 걸음이 느려졌다. 본래의 목적을 잊은 듯이.

"만약, 만약에 말이야. 과거로 돌아갈 수 있다면 어떨까?"

"글쎄다. 지금은 별로 돌아가고 싶지는 않은데."

윤우는 진심을 담아 답했다.

슬아가 어떤 의도로 말한 것인지는 모르겠지만, 윤우는 이미 한 번의 회귀를 경험했다. 인생이 성공가도를 달리고 있는데 굳이 다시 돌아갈 이유는 없다.

하지만 슬아의 생각은 다른 모양이다.

"너는 그럴지 몰라도 나는 돌아가고 싶어. 과거로. 후회되는 일, 아니. 마음에 걸리는 일이 하나 있거든."

그러면서 윤우를 슬쩍 바라보는 슬아.

윤우는 고개를 끄덕였다. 더 행복해질 수 있는 길이 있다면 과거로 돌아가는 것도 나쁘지 않다. 물론, 그만큼의 노력과 인내가 필요하겠지만.

"윤우 너, 다시 과거로 돌아가도 가연이랑 결혼할 거니?"

"그건 좀 어려운 질문인데."

"솔직하게 말해봐. 비밀 지킬 테니까."

과거로 회귀한 윤우가 가연이를 선택한 것은 전생에 대한 빚이 있었기 때문이다. 남편으로서, 그리고 가장으로서 그녀를 행복하게 해 주지 못했다.

지금은 그때와는 많이 다르다. 좋은 남편이 되기 위해, 그리고 좋은 아버지가 되기 위해 노력해왔다. 행복을 계량화할 수 있다면 그때보다는…….

문득 거기까지 생각에 미치자 한 가지 의문이 떠올랐다.

'전생에서나 지금이나 가연이가 행복했던 것은 마찬가지 아니었을까?'

전생의 가연이와 현생의 가연이는 똑같았다. 예쁘고 자애로운 미소는 여전했다. 힘든 일이 있어도 웃었고, 슬픈 일이 있어도 웃었다.

윤우의 생각이 깊어졌다.

어쩌면 힘든 것은 자기 혼자만이었을지도 모른다고. 독약을 들이켜야 했을 정도로 나약했던 것은 아내와 두 딸이 아니라 자신일지도 모른다고.

'가족을 핑계 삼아 멋대로 결정했던 것은 나였으니까.'

소소한 깨달음을 얻자 일순간 머릿속이 탁 트이는 듯한 느낌이 들었다.

윤우의 발걸음이 멈췄다.

어느새 윤우는 그윽한 눈으로 떨어지는 눈송이를 바라보고 있었다. 마치 슬아가 곁에 있다는 것을 잊은 사람처럼.

"왜 그래?"

"어? 아, 미안. 잠깐 다른 생각하느라."

"대답 안 해도 돼. 그냥 해 본 소리라고 쳐. 특별한 의미가 있었던 질문은 아니야."

"다시 과거로 돌아간다면……."

윤우가 그렇게 운을 떼자 슬아가 집중했다. 과연 어떤 대답이 나올까. 현실을 바꿀 수는 없는 질문이었지만 그래도 궁금했다.

"이번엔 아들을 키워보고 싶어. 딸들이 커 가니까 좀 불안해지더라. 어떤 못된 남자를 데려올지 알 수가 없잖아. 전에 큰애가 애인 데려왔는데 마음에 안 들더라고. 요즘 애들은 왜 이렇게 비실비실 말랐는지."

엉뚱한 대답에 슬아는 한숨을 내쉬었다. 긴장이 풀어지며 어깨가 축 처졌다.

"지금도 안 늦었어. 노력해 봐."

"그럴까?"

"어서 가자. 너 왠지 배 많이 고파 보여. 실없는 소리를 하는 거 보니."

툭 쏘긴 했지만 걷는 내내 슬아는 윤우가 고마웠다. 변하지 않는 그 모습이 바로 자신이 원하는 대답이었다.

갓 쌓인 눈길에 두 사람의 발자국이 선명히 남았다.

NEO MODERN FANTASY STORY

# 뉴라이프
# NEW LIFE

## Scene #90 새로운 시대를 위하여

## Scene #90 새로운 시대를 위하여

"다녀왔습니다."

"어서 와요. 저녁은?"

"못 먹었지."

신발을 벗고 안으로 들어온 윤우는 늘 그렇듯 아내의 볼에 입을 맞췄다. 가연은 싱긋 웃으며 윤우의 겉옷과 가방을 받아 들었다.

그때 두 딸들도 방에서 나와 윤우를 맞았다.

"다녀오셨어요?"

"어, 그래."

평범한 가정의 모습이었지만, 윤우는 이 평범함이 얼마나 이루기 어려운 것인지를 잘 안다.

하은이는 휴대폰을 만지작거리며 바로 방으로 돌아갔고, 시은이는 할 말이 남았는지 서 있다.

"아빠. 저 드릴 말씀이 있는데요."

"옷 갈아입고 가마. 서재에 가 있어."

잠시 후 두 부녀가 서재에 나란히 앉았다. 윤우는 자애로운 눈으로 딸을 바라보며 말을 기다렸다.

"저, 충분히 생각해 봤는데 역시 한국대 말고 신화대에 지원해 보려고요."

"국문과?"

"네."

결국 그렇게 됐구나.

딸의 미래에 왈가왈부할 생각은 없었다. 그저 뒤에서 묵묵히 응원만 해 주기로 했다.

"잘 생각했다. 이제 시은이 너도 수험생이니 준비를 많이 해야겠구나. 부담 갖지 말고. 할 수 있다고 긍정적으로 생각해. 알았지?"

"네. 열심히 할게요."

윤우는 막내의 머리를 한 번 쓰다듬어 주고는 서재를 나왔다. 때마침 구수한 냄새가 풍겨와 그의 발걸음을 식탁으로 이끌었다.

"시은이가 뭐래요?"

"신화대에 지원하고 싶다고 하네. 그래서 그러라고 말

했어.”

“안 서운해요?”

시은이가 한국대에 지원하는 것을 원하는 게 아니냐는 질문이었다.

“서운할 게 뭐 있어? 이제 시은이도 자기 미래를 생각할 나이야. 알아서 하게 도와줘야지.”

아내는 더는 첨언하지 않았다. 밥그릇이 식탁에 올라갔다. 윤우는 며칠 굶은 사람처럼 맛있게 밥을 먹기 시작했다.

“그런데 당신, 뭐 좋은 일 있어요?”

“이렇게 밤이 늦었는데도 마누라한테 저녁상을 받을 수 있으니 좋은 일이지.”

“어머, 내가 언젠 저녁상 안 봐줬어요? 그래도 평소랑은 좀 다른 거 같은데? 퇴근하면 늘 피곤해 보이는데 오늘은 웃고 있잖아요.”

“웃으면 안 돼?”

“아니, 그냥 뭔가 수상해서요. 애인이라도 생겼나 해서.”

오늘따라 아내가 집요했다.

“아까 윤 선생이 재미있는 질문을 했어. 그래서 그래.”

“슬아가요? 어떤?”

“과거로 돌아갈 수 있다면 당신과 다시 결혼을 하겠냐고.”

가연은 어이없다는 듯 입을 가리며 웃었다.

"애들도 아니고 무슨 그런 얘길 해요? 그래서, 뭐라고 답했어요?"

"당신도 애인 건 마찬가지네. 궁금해?"

가연이가 몸을 앞으로 기울이며 눈을 빛냈다. 이렇게 된다면 답이 정해져있는 것이나 다름이 없다.

"이번엔 아들 키워보고 싶다고 말했지. 물론 당신 아이."

"고마워요. 그런데 내가 싫다고 하면 어떻게 하려고요?"

"알잖아. 내가 하겠다고 마음먹은 건 반드시 해내는 거."

가연의 얼굴에 미소가 꽃폈다. 나이가 들고 세상이 바뀌어도 남편은 늘 같은 마음으로 같은 자리에 앉아 있었다. 고맙고 행복했다.

"가연아."

윤우가 이름으로 불렀다.

뭔가 어색했지만 듣기엔 좋았다. 젊었던 시절로 돌아간 것 같은 그런 풋풋한 느낌이 든다.

"말이 나와서 말인데. 우리 늦둥이 하나 만들어 볼까? 윤 선생이 아직 안 늦었다고 하더라. 노력하면 된대."

"적당히 해요. 애들 들으면 어쩌려고."

가연은 손사래를 쳤다. 하지만 싫지는 않은지, 얼굴에 홍조가 맺혔다.

◈

다음 날, 아침 일찍 출근한 윤우는 일주일간의 업무현황을 보고했다.

윤보현 당선인은 그의 보고를 들으며 윤우를 부위원장에 앉히기를 잘했다고 생각했다.

기대했던 것 이상으로 일처리가 능숙했다. 마치 오래도록 정계에 몸담은 사람처럼 능력을 발휘했다. 이 정도라면 중책을 맡겨도 되겠다는 판단이 섰다.

정례보고를 마친 윤우가 덧붙여 말했다.

“일단 신화대학교에 대한 행정조사를 중지하도록 하겠습니다.”

“으음? 왜?”

“한준만이 총장직에서 물러났으니 소기의 목적은 달성했습니다. 이 이상 한사협을 자극할 필요는 없습니다. 아직 우리는 준비가 되어 있지 않으니까요.”

“그래. 자네 말이 맞아. 사학법 개정은 신중히 접근해야 해. 여러 이해관계가 얽혀 있으니까.”

한국사립대학교협의회, 속칭 한사협은 윤보현의 행보를

주의 깊게 살펴보고 있었다. 그가 사학법 개정을 공약으로 걸었기 때문이다.

뿐만 아니라 한사협은 오래도록 윤우를 감시해 왔다. 윤우가 한동진 이사를 사학계에서 추방했다는 사실을 아직 잊지 않았던 것.

윤보현이 대통령에 당선되고 그것을 윤우가 보좌하고 있다. 이것은 한사협이 가정한 최악의 시나리오였다.

"한사협 쪽 움직임은 어떤가?"

"한준만 총장 사퇴 이후에도 별다른 움직임은 없었습니다. 내부 행사도 조용히 치르더군요. 아무래도 당선인님의 눈치를 보고 있는 것 같습니다."

"그렇군. 앞으로도 잘 지켜보도록 하게."

"예. 만전을 기하겠습니다. 신화재단 강민호 이사장과 자주 접촉해 그쪽 동향을 알아볼 생각입니다. 최근 이쪽에 협조적이어서요."

"알겠네. 잘 부탁함세."

출마를 선언하고 공약을 내세웠을 때는 사립재단을 자극하지 않기 위해 기초적인 사학법 개정안을 마련했다.

하지만 윤보현이 대통령으로 당선이 된 지금은 다르다. 본격적으로 강도 높은 개정안을 준비해야 할 때다.

취임 후 정권이 안정되면 하나둘 계획을 실행해 나갈 것이다.

“참, 오늘 저녁에 선약 있나? 괜찮으면 신 위원장과 같이 저녁이나 들지.”

“아, 죄송합니다. 오랜만에 고등학교 동창 모임이 있어서요.”

“그래? 그럼 슬아도 나가겠군. 잘 놀다 오게. 자네 요즘 야근이 너무 많아. 일이 많은 건 알지만 건강관리 잘 해. 자네도 곧 쉰이야.”

“예, 알겠습니다.”

인사를 하고 밖으로 나온 윤우는 집무실로 돌아와 오전 업무를 시작했다.

시간이 흐르고 해가 어둑해지자 윤우는 동창회에 참석하기 위해 사무실을 나섰다. 장소는 윤우의 모교인 상훈고등학교 근방에 위치한 패밀리 레스토랑이었다.

차에서 내려선 윤우는 주머니에 손을 찔러 넣고 주변을 돌아보았다.

‘못 본 사이에 완전히 달라졌네.’

허름한 건물들이 싹 없어지고 주상복합 건물이 줄지어 들어서 있다. 학생회 선거 준비를 할 때 종종 들렀던 분식집도 보이지 않았다. 왠지 마음 한 켠이 씁쓸해졌다.

윤우가 약속장소로 들어갔다. 슬아와 성진, 예린, 나리가 한자리에 모여 떠들고 있었다.

박성진은 여전히 목소리가 컸고, 슬아는 팔짱을 낀 채

도도하게 듣기만 하고, 나리는 활발히 웃으며 맞장구를 쳐주고, 예린이는 옆에서 잔소리를 한다.

마치 고등학교 시절로 돌아간 것 같은 느낌이 든다. 씁쓸해졌던 마음이 다시금 따뜻해졌다.

변한 것 같지만, 결국 아무것도 변하지 않은 것이다.

"늦어서 미안하다. 차가 좀 막히더라."

윤우가 박성진의 옆자리에 앉았다. 박성진이 윤우의 어깨를 툭 치며 시비를 건다.

"알지? 늦은 사람이 내는 거."

"앉자마자 돈 얘기야?"

"허어, 왜 그렇게 쪼잔해졌어? 이제 곧 청와대로 진출할 귀하신 분께서. 이런 날에 능력을 보여줘야지!"

박성진이 할 말은 아니었다. 윤우와 함께 시작한 미래E&M은 벤처기업의 신화를 썼다. 이제는 계열사를 둘 정도로 성장해 대한민국을 대표하는 콘텐츠 기업이 되었다.

유나리도 초창기에 미래E&M에 입사해서 지금은 이사직을 달고 있다. 지나가듯 나중에 어른이 되어 함께 일하면 좋겠다는 말이 나왔었는데 그게 현실이 된 것이다.

아무튼, 잘 나가는 기업가인 박성진은 고급호텔에서 근사한 저녁을 먹자고 했지만 윤우는 이곳을 고집했다. 모교 근방에서 만나는 것이 의미가 있지 않을까 해서였다.

윤우가 핀잔을 던졌다.

"넌 다 늙어서도 주책이냐. 김예린. 너희 서방님 집에서도 이러냐?"

"당연히 찍소리도 못하지. 집에서 굶기면 돼. 오빠는 걱정하지 마."

"뭐? 언제는 밥 잘 챙겨줬다는 식으로 말하네. 당신 매일 작업한다고 나 방치해 두잖아? 아침도 저녁도 내가 챙겨먹는 거 확 말해 버린다?"

"벌써 말했으면서 협박은. 불만 있으면 각방 써."

"잘못했습니다."

한바탕 웃음이 터졌다. 슬아도 웃을 정도면 분명 재미있는 상황이다.

동생 예린이는 대한민국을 대표하는 만화가가 되었다. 일본 진출을 시작으로 동남아시아에서도 인기를 끌었다. 특히 중국에서 성공하며 엄청난 부와 명예를 쌓았다.

최근에는 남편인 박성진과 해외 자선사업을 준비하고 있다고 한다. 국제난민을 돕기 위해 재단을 설립할 계획을 세우고 있다고 들었다. 기부활동도 활발히 하고 있고.

윤우는 그런 동생이 대견했다.

아직 자신은 대한민국의 학계를 개혁하지도 못했는데, 동생은 세계무대에서 활보하고 있으니까.

"실례합니다. 주문하신 음식 나왔습니다."

곧 주문한 음식이 나왔고, 다섯 사람은 옛 추억을 곱씹으며 와인잔을 들었다.

"건배사는 역시 전교회장님께서 하셔야지?"

박성진의 제안에 모두가 고개를 끄덕였다. 윤우는 잠시 생각하다 이렇게 운을 뗐다.

"우리들의 찬란한 미래를 위하여."

"위하여!"

선거가 끝난 이듬해 2월, 윤보현을 필두로 새 정권이 출범했다.

완전히 새로운 인물들로 내각이 꾸려졌다. 하지만 낯설지는 않았다. 대부분이 선거 캠프 시절부터 함께 동고동락한 인물들이었다.

청와대비서실에도 젊은 피들이 수혈되었다.

당초 대통령비서실장 후보로 거론되던 윤우는 예상을 깨고 한 단계 아래인 수석비서관으로 임명되었다.

그리고 지금, 새롭게 출범한 내각 인사들을 모아두고 윤보현 대통령이 직접 임명장을 수여했다.

"김 비서관. 앞으로도 잘 부탁하네."

"영광입니다."

윤우와 윤보현 대통령이 악수를 나눴다.

윤우의 임명장에는 '대통령비서실 교육문화수석비서관' 이라는 직함이 적혀 있었다. 수석비서관은 차관급 공무원이다.

애초에 윤보현 대통령은 윤우를 대통령비서실장으로 임명하려고 했었다. 하지만 윤우는 정중히 거절했다. 고속 승진으로 인한 반발이 걱정되었던 것이다.

"준비를 잘 해놓게. 곧 재미있는 일이 벌어질 테니까."

"알겠습니다. 각하."

임명식이 모두 끝나고 각계부처의 장관과 차관, 그리고 비서실장과 수석비서관들이 한 자리에 모여 오찬을 나눴다.

오찬이 끝날 무렵에는 윤보현 대통령의 새 내각이 출범했다는 기사가 전국 각지에 퍼지고 있었다.

소식을 가장 예민하게 받아들인 사람이 하나 있었는데, 그는 바로 한국사립대학교협의회의 이사장인 박이문이었다.

딸칵.

그는 마우스로 웹브라우저를 종료하고는 턱을 괴었다. 그리고 골똘히 생각에 잠겼다.

반백발의 근엄한 외모를 지닌 그는 한국 사립교육의 최정점에 위치하고 있는 남자다. 사학의 이익과 발전을 위해 수단과 방법을 가리지 않는 냉혈한으로 유명했다.

오래전 윤우의 손에 실각했던 한동진 이사와 한준만 총장이 그의 라인이기도 했다.

"이대로 지켜볼 수만은…… 없겠군."

박이문은 결단을 내렸다.

지금까지 윤우의 손에 놀아나기만 했다. 얄팍한 수작이라고 생각했는데, 거기에 휘말린 자신의 수족들이 이렇게 쉽게 사라지리라고는 예상치 못했다.

특히 한동진 이사의 실각은 정말 아까웠다. 자신과 닮은 점이 많아 후임 이사장으로 적격이었는데, 뜻을 제대로 펴지도 못하고 시들어 버렸다.

박이문 이사장의 주름진 손가락이 내선 버튼을 꾹 눌렀다.

"이사회 소집해. 지금 당장."

위엄 있는 목소리 때문일까. 한 시간도 지나지 않았는데 모든 이사들이 자리를 채웠다.

그들은 앉는 것부터 서열을 철저히 지켰다. 서열 2순위가 박이문 이사장의 옆자리에, 그리고 말단이 제일 구석진 자리에 앉았다.

박이문 이사장이 서문을 열었다.

"우리가 우려하던 일이 벌어지고 있소. 김윤우 그 친구가 교육문화수석비서관으로 임명되었다고 하더군."

"의외인데요? 대통령비서실장이나 교육부장관에 내정

될 것 같았습니다만."

"실은 나도 그래."

박이문은 재미있다는 표정을 지었다. 바로 그것이 맹점이었다.

"수를 쓴 게야. 우리의 눈을 돌리기 위해 비교적 낮은 직급을 택했어. 아마 물밑에서 이전보다 더욱 활발하게 움직일 걸세."

"그렇다면……."

모두의 시선이 박이문 이사장을 향했다. 곧 그가 고개를 끄덕였다.

"날아올 화살을 막을 대비를 미리 해야 하지 않겠나. 지금은 잠잠한 것 같아도 분명 윤보현 대통령은 근시일 내로 사학법 개정 카드를 뽑아들 거야."

"외람된 말씀입니다만, 그래도 윤보현 대통령의 사학법 개정 공약은 비교적 마일드한 정책이지 않습니까? 대화의 여지가 남아있는 만큼 이렇게 촉각을 곤두세울 필요는 없을 것 같습니다만."

박이문 이사장의 시선이 자리 끝 쪽으로 움직였다. 서열 10위의 이사가 움찔 놀라 고개를 숙였다.

"겉으로 보기엔 그렇지. 하지만 난 그 두 사내를 잘 알고 있네. 그만큼 오래도록 지켜보기도 했지. 그자들은…… 그렇게 얼렁뚱땅 개정안을 낼 위인이 아니야."

모든 이사진들이 고개를 끄덕였다. 세상에 조심해서 나쁠 것은 없었다.

박이문 이사장이 팔짱을 끼고 등받이에 몸을 기댔다. 끼익 하는 마찰음과 함께 의자가 뒤로 살짝 기울었다.

"무엇보다도 최근 김윤우 그 친구가 전국 중, 고등학교를 돌며 강연과 간담회를 열고 있다고 하더군. 학생들은 물론 일선 교사들까지 대상으로 해서 말이네."

그 사실을 모르는 사람은 별로 없었다. 드문드문 언론에 윤우의 행보가 소개되기도 했으니까.

실제로 윤우는 중, 고등학교의 실태를 파악하는 것은 물론 지방사립대 교강사들과 면담하여 현행 고등교육의 문제와 개선점에 대해 진솔한 이야기를 나눴다.

박이문 이사장은 거기에서 한 가지 영감을 얻은 것이다.

"이게 시사하는 바가 과연 뭘까?"

"전시행정 아닐까요?"

"아니지."

다들 눈치를 살폈다. 한참이라는 시간이 흘러도 누구도 답을 꺼내지 못했다.

"단순히 사학법 개정에서 끝내려는 게 아니야. 대한민국의 교육 시스템 전반을 뜯어고치려는 것…… 아마 이게 그들의 속셈일 걸세. 물론 윤보현 대통령이 지원을 하고 있을 거고."

장내가 술렁였다. 다들 우려스러운 표정을 지었지만, 박이문 이사장의 얼굴엔 한껏 여유가 있었다.

"아무튼 우리도 슬슬 본격적으로 움직일 필요가 있겠어. 지금부터 내 이야기를 잘 듣도록 하시게."

"예."

곧 진중한 목소리로 박이문 이사장의 명령이 떨어졌다. 모든 이사들은 긴장하며 그의 지시를 새겨들었다.

윤우가 수석비서관으로 활동한 지 반년이 지났다. 그 사이 계절이 바뀌어 더웠던 여름이 가고 낙엽이 떨어지는 가을이 찾아왔다.

울긋불긋한 단풍이 한껏 멋을 부리는 시기였지만, 청와대의 분위기는 그리 좋지 못했다.

다른 건 다 좋았다.

그런데 윤보현 대통령이 추진하던 사학법 개정이 시작하기도 전에 암초에 걸리고야 말았다.

두어 달 전부터 사학법 개정을 반대하고 나서는 야당 의원의 수가 늘었다. 또한 한사협에서는 언론을 통해 대통령이 추진하려는 개정안이 잘못되었다고 주장했다.

이 모든 것이 박이문 이사장과 그의 수족들이 움직이기

시작한 직후부터 생긴 일들이었다.

"일단 현재 상황은 이렇습니다. 한사협을 중심으로 사학단체들이 조직적으로 움직임을 보이고 있습니다. 언론의 반응도 부정적으로 기울고 있습니다."

이렇게 보고를 했지만, 윤우의 표정은 반년 전과 조금도 변하지 않았다. 오히려 자신감이 붙어 있었다.

윤보현 대통령이 고개를 끄덕이며 생각에 잠겼다. 침묵이 길어지자 윤우가 채근하듯 한마디 덧붙였다.

"이제 슬슬 다음 단계를 실행할 때가 온 것 같습니다만."

"알고 있네. 하지만 좀 망설여지는군."

"무슨 문제라도 있으십니까?"

윤보현 대통령은 씁쓸히 웃으며 고개를 가로저었다.

"전쟁터에서 총알받이 역할을 자네에게 맡기는 꼴이 아닌가. 대통령으로서 이게 옳은 길이라고 생각은 하네만, 한 인간으로서는 자네에게 무척 미안해지는군."

윤우는 가벼이 웃었다.

"걱정하실 거 없습니다. 오래전부터 각오하고 있었던 일인데요."

"그래. 알겠네. 청문회 준비는 문제없겠지?"

"의원들이 소설을 써 와도 저를 낙마시키기는 어려울 겁니다."

"그래. 그럼 발표를 준비하겠네."

보고를 마친 윤우는 시계를 확인했다. 벌써 오전 11시 반이 지나 있었다. 발걸음을 서둘러 청와대 건물 밖으로 나갔다.

미리 대기하고 있던 수행원이 허리를 깊게 숙였다.

"수석비서관님. 외출하십니까?"

"점심 약속이 있습니다. 신화대학교로 가야 하는데 자칫하면 늦겠네요. 교통법규를 어기지 않는 선에서 최대한 빨리 부탁합니다."

곧 고급 세단이 윤우를 태우고 청와대를 빠져나갔다.

다행히 약속시간엔 늦지 않았다.

목적지에 도착한 윤우가 제일 먼저 들른 곳은 총장실이 아니라 국제어학원장실이었다. 수행원 한 명이 밖에서 대기하고 윤우가 안으로 들어갔다.

"다들 오랜만입니다. 잘 지내셨죠?"

"와아, 드디어 얼굴을 보게 되네요. 차관급 공무원님."

"아이고, 이거 모시게 되어 영광입니다. 어서 자리에 앉으시죠."

이준희 교수와 김승주가 은근히 비아냥댔다. 오랜만에 얼굴을 비췄다고 투정을 부리는 것이다.

그래도 윤우는 마치 고향에 돌아온 것 같은 포근한 느낌을 받았다.

"너무 그러지들 마세요. 요즘 스케줄 바쁜 거 알잖습니까."

"한번 생각해 볼게요. 점심에 뭐 대접해 주시냐에 따라서 좀 긍정적으로 바뀔지도 모르죠."

"이거 참. 어쩔 수 없네요."

윤우는 두 사람을 데리고 근방에 있는 호텔로 이동했다. 아내에게도 전화를 걸어 슬아와 함께 호텔 레스토랑으로 나오라고 전했다.

일단 먼저 도착한 윤우 일행이 자리를 잡았다. 세 사람만의 시간이 시작되자 이준희 교수가 조심스레 물었다.

"요즘 재단 쪽 분위기 안 좋던데, 괜찮은 거예요? 강민호 이사장도 학교에 자주 들락거리는 모양이더라고요."

윤우는 무슨 말인지 알겠다는 표정으로 고개를 끄덕였다. 아마 한사협과 관련이 있는 일일 것이다.

"사학법 개정이 쉽지 않게 됐지만 예상 범위 내에 있던 일입니다. 반세기 이상 태평성대를 외치며 살았던 사람들이에요. 철옹성이 쉽게 무너지겠습니까?"

"마음 같아서는 우리도 도와주고 싶은데 딱히 방도가 없네."

"방법이 없는 건 아니지."

갑작스런 윤우의 말에 김승주와 이준희 교수가 고개를 갸웃했다. 하지만 장소가 좋지 못했다. 윤우는 화제를 돌렸다.

"자, 오랜만에 모였는데 우중충한 이야기는 여기까지 하죠. 밥 먹는 데까지 와서 일 얘기는 하고 싶지 않습니다. 협조 부탁드려요."

"알겠습니다. 차관급 공무원님."

"넌 그만 좀 비꼬고."

곧 가연과 슬아가 라운지 안으로 들어왔다.

다섯 사람이 모두 모여 즐겁게 식사를 했다. 티타임까지 곁들인 완벽한 오찬이 끝나고 모두 신화대로 복귀했다.

"잠깐 나 좀 보자."

윤우는 교무과로 돌아가려는 슬아를 불러 세웠다. 그리고 승주도 걸음을 멈춰야 했다. 사실 오늘 모임은 바로 이 순간을 위해서였다.

"청와대에서 나온 사람이 불러 세우니 이거 감회가 새로운데?"

그 와중에도 김승주는 너스레를 떨었다.

윤우는 가연에게 먼저 돌아가라고 눈짓을 했다. 이미 아내는 모든 것을 다 알고 있었기 때문에 자리를 금방 비켜주었다. 이준희 교수도 눈치껏 빠졌다.

"일단 자리 좀 옮기자. 승주 너 연구실 비었어?"

"비었지."

"거기가 좋겠다."

세 사람은 김승주의 연구실로 들어갔다. 자리에 앉자마자 윤우는 두 사람에게 진지하게 말했다.

"너희들에게 부탁이 하나 있다."

그렇게 윤우의 또 다른 계획이 시작되었다.

다음 날, 언론에 일제히 새 교육부장관 내정 소식이 발표되었다. 현 수석비서관인 윤우가 그 주인공이었다.

다행히 교육문화체육관광위원회에서는 별다른 잡음 없이 윤우의 인사청문회를 결의했다.

교육부장관 청문회 당일, 열 대가 넘는 카메라가 회의실에 설치되었다. 청문회 과정은 모든 국민들이 볼 수 있도록 생중계된다.

"공직 후보자인 본인은 양심에 따라 진실만을 말할 것을 이 자리에서 선서합니다."

윤우가 위원장에게 선서문을 건네고 악수를 했다. 그리고 자신의 자리로 돌아와 질문을 기다렸다.

생각보다 청문회는 지루했다.

워낙 윤우가 깨끗한 삶을 살아왔기 때문에 추궁할 내용이 많지 않았던 것. 재산 규모도 크지 않아 탈세 혐의도 전혀 없었다.

심지어 윤우는 현역병으로 군역을 마친 사람이었다. 두 딸도 평범한 학창시절을 보냈기 때문에 사적으로도 걸릴 만한 문제가 없었다.

전문성 부분에서도 이견을 낼만한 것이 별로 없었다.

윤우는 교육자 출신이고, 최근 전국을 순방하며 교육 정책 관련 활동을 활발히 전개하고 있었다.

무엇보다도 대학개혁위원회 활동이 큰 어드밴티지로 작용했다. 당시 차성빈 교수와 함께 위원회를 좌우하며 몇몇 의미 있는 개혁을 이끌어낸 업적이 주목된 것.

그럼에도 불구하고 야당 의원들이 말꼬리를 잡고 늘어졌다. 더는 참지 못하고 윤우가 발언권을 얻어 한소리 했다.

"영양가 없는 질문은 여기까지만 받겠습니다."

윤우의 선언에 주변이 웅성거렸다. 위원장을 비롯해 청문회에 참석한 위원들의 표정이 굳어졌다.

"사실에 입각한 질문만 해 주시면 좋겠습니다. 국회 인사청문회는 나라와 국민을 대표하는 곳인 만큼 진지해야 한다고 봅니다. 이곳은 소설을 쓰는 곳이 아닙니다. 국민 여러분들의 세금은 의미 있는 곳에 쓰여야 합니다."

생중계로 중계되고 있던 청문회였다. 당당하지 않다면 차마 할 수 없는 말이었다.

윤우의 이 한마디는 동영상으로 편집되어 꽤 오랫동안 반향을 일으켰다. 속 시원하다, 차라리 여의도로 보내는 것이 좋겠다는 여론이 형성되었다.

이렇게 되자 총선에서 의석수를 확보해야 하는 야당에서는 몸을 사릴 수밖에 없었다.

윤우를 향한 무의미한 비방이 점차 사라졌고, 윤우의 인사청문보고서가 채택되었다.

그렇게 윤우는 교육부장관직에 올랐다.

그의 나이 46세의 일이었다.

"교육은 국가의 미래를 결정짓는 중요한 일입니다. 과거를 반성하고 새로운 미래를 향하는 교육정책 수립을 위해 쉼 없이 일하겠습니다. 모두가 행복할 수 있는 사회, 불가능한 일은 아니라고 생각합니다. 새로운 교육이 그 열쇠가 될 수 있다고 생각합니다. 끊임없이 고민할 수 있도록 국민 여러분들께서 많이 질책해 주십시오. 달게 받겠습니다."

취임사를 끝낸 윤우는 교육부장관이라는 격에 맞는 본격적인 행보에 들어갔다.

그 와중에 일어난 몇 가지 일을 기록하면 다음과 같다.

슬아가 신화대 교수직을 사임하고 교육부차관에 임명되었다. 그리고 한국대의 송현우 교수도 윤우의 청을 받아 대학개혁위원장직을 맡게 됐다.

또한 오랜 학우인 김승주는 대학교육평가원장에 앉게

됐다. 세계적인 석학이 된 배용준 교수도 과학기술 관련 요직을 받아 윤우를 지원했다.

언론에서 낙하산 인사라는 비판을 연일 쏟아냈지만, 윤우는 미리 준비한 대로 논리와 전문성을 앞세워 비판을 불식시켰다.

이후로도 윤우는 측근들을 자신의 주변에 포진시키며 교육개혁을 위한 준비를 단단히 해 나갔다.

그렇게 시간이 흐르고, 윤우가 정한 디데이가 하루 앞으로 다가왔다.

늦은 오후, 윤우는 장관 집무실에 홀로 앉아 조용히 생각에 잠겼다. 눈을 감고 지금까지 걸어온 모든 순간을 파노라마처럼 떠올리고 있었다.

한참 후 그가 눈을 떴다. 결심이 선 것이다. 윤우는 즉시 내선 전화를 들었다.

– 말씀하십시오. 장관님.

"홍보담당실 출입기자 관리하는 주무관 들어오라고 해줘요."

– 예? 담당관이 아니라 주무관 말씀입니까?

"그래요."

주무관은 교육부에서 말단직이었다. 장관이 주무관을 직접 호출하는 일은 거의 없었다. 주로 총괄직인 담당관을 호출하곤 하는데 의외였다.

곧 젊은 남성이 허겁지겁 안으로 들어왔다. 그리고 윤우 앞에서 허리를 굽혔다.

"자, 장관님. 부르셨습니까?"

"오늘 말입니다. 우리나라에 있는 모든 언론사에 공문을 뿌려 취재 나오라고 전달하세요. 내가 직접 기자회견을 하겠다고."

"기자회견이요? 아, 예. 알겠습니다. 그럼 날짜는 언제로……."

"내일입니다."

바로 내일이라는 말에 주무관은 깜짝 놀랐다. 하지만 이곳은 교육부다. 장관의 명령은 절대적이었다.

"바로 시행하겠습니다."

"잘 부탁합니다."

젊은 주무관이 나가고 윤우는 자리에서 일어섰다. 외투를 걸치고 장관실을 나서니 바로 비서관이 따라붙었다.

"지금 퇴청하십니까?"

"잠깐 바람 좀 쐬고 바로 집으로 들어갈 예정입니다. 수행원은 됐고, 오늘은 내가 운전을 하고 들어가지요."

"하지만 장관님."

"괜찮습니다. 일 보세요."

윤우는 차를 끌고 청사를 빠져나왔다. 벌써 해가 져 주변이 어둑해지고 있었다. 윤우가 목적지에 도착할 무렵엔 아예 주변이 컴컴했다.

윤우는 차에서 내렸다.

강바람이 거칠게 불어와 머리카락을 쓸어 넘겼다. 이곳은 한강 둔치. 사연이 있는 곳이다. 자세히 말하면 전생에서 독약을 마시려고 했던 곳이었다.

왠지 이곳에 오고 싶다는 생각이 들었다.

특별한 이유는 없었다.

말 그대로 운명적인 이끌림.

중요한 일을 앞두고 이곳에서 마음을 다잡으려고 한 것이다. 윤우는 강을 마주보고 앉아 한숨을 내쉬었다.

'맥주라도 한 캔 사올 걸 그랬나?'

바로 그때 뒤에서 인기척이 들렸다. 발자국 소리였다. 처음에는 신경을 쓰지 않았지만, 점차 그 발자국이 이쪽을 향해 다가오고 있었다.

"오랜만이군."

익숙한 목소리에 윤우가 뒤를 돌아보았다.

얼굴이 창백한 중년인이 자신을 내려다보고 있었다. 그 악마 같은 사내였다. 씨익 웃은 윤우는 돌아서 그와 당당히 마주했다.

“당신이 준 선물은 잘 받았습니다. 15년 뒤로 돌려보낼 줄은 꿈에도 몰랐군요. 미리 언질 좀 해 줬으면 좋았을 텐데요. 놀랐잖습니까.”

사내는 웃었다.

윤우의 말에는 악의가 조금도 섞여 있지 않았다. 오히려 그 사내를 기다리고 있었던 것 같은 반가움이 느껴졌다.

“오길 잘했군요. 왠지 이곳에 오면 당신을 만날 수 있을 것 같았습니다.”

“역시 자네는 특별한 인간이야. 그래, 맞아. 이곳은 자네와 처음 만난 곳이기도 하지. 기억나나? 그때 자네의 추한 모습을.”

“인정합니다. 하지만 그때 추한 짓을 하지 않았더라면 당신을 만나지 못했겠지요.”

“아무튼, 그동안 즐거웠네.”

그동안 즐거웠다.

의미심장한 한마디에 윤우는 의심스러운 눈으로 그의 표정을 훑었다. 일전에 한 번 당한 일이 있어 윤우는 재빨리 주변을 살펴보았다.

변한 것은 아무것도 없었다. 자전거를 타는 사람들과 데이트를 하는 커플들의 모습이 보였다. 그제야 윤우는 사내의 속뜻을 알아챘다.

"이제 끝인 겁니까?"

"그래. 자네와 계약을 끝낼 때가 온 거지."

"계약의 끝…… 그렇다면 전 어떻게 되는 겁니까?"

악마 같은 사내가 몸을 반쯤 돌려 유유히 흐르는 한강물을 바라보았다. 잠시 후 그가 다시 몸을 돌리더니 윤우를 향해 손을 앞으로 뻗었다.

윤우는 깜짝 놀랐다.

이제 곧 사내의 손에서 붉은 빛이 쏘아질 것이고, 자신은 그 빛에 휩싸여 정신을 잃게 될 것이다.

그 이후의 일은 아무도 모른다.

다시 과거로 갈 건지, 아니면 미래로 갈 건지. 혹은 영원히 깨어나지 못하게 되든지.

그런데 이상했다.

사내의 손에서는 아무런 변화가 일어나지 않았다. 그저 창백한 손바닥만 보일 뿐이다.

"왜 그리 놀라나?"

"그 이상한 빛을 쏘려던 게 아니었습니까?"

"아니. 나는 그냥 잘 지내라는 의미로 손 인사를 한 것뿐인데. 예민한 친구로군."

윤우의 입에서 절로 탄식이 흘렀다.

"당신, 그런 유머도 할 줄 아는 사람이었군요."

"칭찬으로 듣겠네."

사내가 몸을 돌렸다. 윤우는 이제 그의 뒷모습만 볼 수 있었다.

휘이잉.

그때 강렬한 바람이 휘몰아쳤다. 윤우의 정신이 아득해질 정도로. 그 바람을 타고 사내의 목소리가 작게 들려왔다. 바람의 속삭임처럼.

"이제 계약은 끝났네. 내일부터 일어나는 사건은 온전히 자네의 몫이야. 부디 괴물과의 싸움에서 승리하길 바라네."

사내가 걷기 시작했다.

문득 뭔가를 떠올린 윤우가 그를 다급히 불러 세웠다. 다행히 사내는 윤우의 요구에 응했다. 하지만 여전히 등을 보인 상태였다.

"당신은 도대체 왜 날 선택한 겁니까?"

"……."

답은 없었다.

윤우가 한 발자국 가까이 다가서며 재차 물었다.

"당신은 도대체 누구입니까? 신입니까?"

사내는 아무런 미동도 없었다. 마치 시간이 정지한 것 같은 느낌.

이윽고 그 사내가 걸음을 옮겼다.

그 순간 그가 웃었는지, 아니면 무슨 표정을 지었는지

윤우로서는 알 수가 없었다.

그것이 윤우가 본 그 사내의 마지막 모습이었다.

◈

"오늘이죠? 잘 하고 와요."

"그래."

윤우는 늘 그렇듯 아내에게 키스를 하려고 했지만, 이번엔 가연이가 먼저 볼에 입을 맞췄다.

"이런. 한 발 늦었군."

"늘 받기만 하니 미안해서요. 자, 어서 나가요. 수행원분들 기다리겠어요."

"아빠, 힘내."

"저도 응원할게요."

온 가족이 윤우를 배웅했다. 최근 실연을 당해 홀쭉하게 마른 하은이는 물론, 신화대학교 학생이 된 시은이도 아버지를 따라 밖으로 나왔다.

기다리고 있던 수행원과 운전기사가 고개 숙여 인사했다.

"안녕히 주무셨습니까? 장관님. 어서 타시죠."

윤우가 차에 올랐다.

아내와 두 딸이 환하게 웃으며 손을 흔들어 주었다. 윤우도 따라 손을 흔들었다. 그렇게 차가 청사를 향해 출발했다.

윤우를 슬쩍 본 수행원이 물었다.

“오늘따라 기분이 좋아 보이십니다. 뭐 좋은 일이라도 있으십니까?”

“특별한 일은 없네. 날씨가 좋아서 그런가 보군.”

“하긴, 오늘 같은 날엔 나들이를 가야 하는데 말입니다. 이럴 줄 알았으면 연차를 좀 아낄 걸 그랬습니다.”

윤우는 미소를 지으며 창 쪽으로 고개를 돌렸다.

다양한 사람들이 거리를 거닐고 있었다. 그들은 어떤 과거를 가지고 있을까, 그리고 어떤 미래로 나아가고 있을까. 문득 윤우는 그것이 궁금했다.

혹시 저 중에 자신처럼 과거로 회귀한 사람이 있지 않을까?

장관 집무실에 도착한 윤우는 책상을 정리했다. 불필요한 물건은 서랍에 넣고, 노트와 펜을 책상 오른편으로 가지런히 옮겼다.

그때 노크가 들렸다. 비서관이 안으로 들어와 보고했다.

“윤슬아 차관께서 오셨습니다.”

“모셔요.”

반듯한 여성정장을 입은 슬아가 모습을 드러냈다. 그녀의 손엔 굵직한 서류 하나가 들려 있었고, 표정은 여느 때보다도 진지했다.

"기자들이 모두 모였습니다."

사무적인 목소리.

윤우는 고개를 끄덕였다. 이제 10분 후면 기자들과 약속한 시간이다. 떨리거나 하진 않았다. 오래전부터 이 순간만을 기다려왔으니까.

슬아가 가까이 다가왔다. 한 발자국 거리를 두고 진지하게 물었다.

"장관님. 이번 일, 정말 추진하실 겁니까?"

"물론입니다."

슬아는 표정을 바꾸지 않고 다시 물었다.

"이번에는 차관이 아니라 친구로서 묻겠어. 이번 일, 정말 추진할 거니?"

"충분히 생각해보고 내린 결론이야."

그제야 슬아가 품에 안고 있던 서류를 윤우에게 건넸다. 어느새 그녀는 미소를 짓고 있다. 마치 윤우를 시험하기라도 한 것처럼.

윤우는 서류의 제목을 훑었다. 제목은 '한국고등교육개혁안 및 사학법 개정안'이었다.

윤우와 그의 동료들이 밤낮없이 고생한 것이 모두 이 한 권의 보고서에 담겨 있는 것이다.

"그럼 슬슬 가시죠. 모두 장관님을 기다리고 있습니다."

두 사람은 집무실에서 나와 복도를 걸었다.

목적지는 대회의실이었다.

윤우가 그곳으로 들어서자 기자들이 일제히 기립해 셔터를 눌러대기 시작했다.

수십 명의 기자들이 터트린 플래시가 대회의실을 온통 빛으로 물들였다. 윤우는 슬아와 잠시 서서 기자들이 사진을 찍을 수 있도록 배려했다.

"장관님! 갑작스러운 기자회견의 목적은 무엇입니까?"

"일각에서는 사학법 개정과 관련한 기습적인 발표라는 목소리가 있는데요. 사실입니까?"

한바탕 소란이 벌어졌다. 보다 못한 사회자가 마이크 앞에 섰다.

"기자들께서는 착석해 주십시오. 질문 시간은 따로 있으니 원활한 진행을 위해 협조를 부탁드립니다."

직원과 경비가 몰려와 기자들을 진정시켰다. 그제야 소란이 좀 가라앉았다. 윤우는 가운데 자리에, 그리고 슬아가 그 오른편에 앉았다.

지금까지 있었던 모든 일들이 주마등처럼 스쳐 지나갔다.

실로 많은 일이 있었다. 뜻하지 않게 어려움을 겪었고, 때로는 좌절하기도 했다.

이 기자회견이 끝나면 한사협과의 전쟁이 시작될 것이

다. 정치인들을 비롯해 여러 언론에서 급진적인 정책이라며 비판의 목소리를 높일 것이다.

하지만 윤우는 조금도 걱정하지 않았다.

어떤 고난과 역경이 온다고 해도 끝까지 이겨낼 자신이 있었으니까.

윤우는 마이크를 잡았다.

"갑작스러운 초대에 응해 줘서 고맙게 생각합니다. 그럼 지금부터 한국고등교육개혁안 및 사학법 개정안에 관한 발표를 시작하도록 하지요."

살짝 들뜬 목소리.

정면에서 플래시가 수십 번 터졌다. 노트북을 앞에 둔 기자들의 손이 바쁘게 움직이기 시작했다.

가볍게 심호흡을 한 윤우.

그의 싸움은 이제부터가 시작이었다.

〈뉴 라이프 완결〉

NEO MODERN FANTASY STORY

# 뉴라이프

# NEW LIFE

## 후기

# 후기

길었던 이야기를 마쳤습니다. 속이 시원하면서도 섭섭한 면이 있네요. 완결할 때마다 느끼는 거지만 글쓰기를 출산에 빗대어 말하는 이유를 알 것 같습니다. 고생 끝에 찾아온 열매는 역시 달콤합니다.

제가 한때 몸담았던 분야를 썼는데도 생각보다 어려움이 많았습니다. 현실을 그대로 옮기자니 암울하기만 하고, 그렇다고 멋대로 꾸미자니 현실성이 떨어지고. 이러지도 저러지도 못해 참 고민을 많이 했던 것 같습니다.

어쨌든 완결된 이상 윤우와 그의 친구들에게 더 이상 뱃사공은 필요하지 않습니다. 어쩌면 이제부터가 시작일 수도 있겠지만, 저는 흘러가는 강물을 바라보는 것처럼 그들의 미래를 조용히 응원해 줄 생각입니다.

이 글이 나오기까지 정말 많은 분들의 도움을 받았습니다. 우선 물심양면으로 도움을 준 가족들에게 감사의 인사를 보내고 싶네요.

글에 대해 많이 조언해 주신 금강 선생님과 라온E&M의 송현우 대표님께도 감사의 말씀 전합니다. 두 분이 없었다면 이 글은 빛을 보지 못했을 겁니다.

출간에 실질적으로 도움을 주신 조은세상의 이범수 편집장님, 그리고 문피아의 이지인 대리님, 구정은 님, 라온E&M의 현기혁 대리님, 설예라 님, 김유리 님 감사합니다.

늘 곁에서 진심어린 조언을 아끼지 않고 해 주시는 소진욱 님, 이재환 님, 이은경 님, 유명종 님, 김유신 님, 김유진 님, 김가영 님, 고맙습니다.

매번 똑같은 투정을 들어주느라 고생이 많은 후배 소영. 고마워.

이밖에도 많은 분들이 계십니다만 누구 말대로 여백이 좁아 적지 않겠습니다.

지금까지 〈뉴 라이프〉를 읽어 주셔서 감사합니다.

다음 작품에서 뵙겠습니다.